新　潮　文　庫

考えすぎた人

お笑い哲学者列伝

清水義範著

目次

考えすぎた人

お笑い哲学者列伝

ソクラテスの石頭

1

カイレポン(1)はデルフォイ(2)のアポロン神殿を見ているうちに、なぜかブルッと身震いをしてしまった。壮大な山々に囲まれたデルフォイの街は、世界のへそと称せられ、全ギリシア人が一度は行ってみたいと憧《あこが》れるところであったが、人々の住む市街地とは別に、アポロン神殿を中心とする神域があった。その神域に歩み進んで、壮大なアポロン神殿を一目見ただけで、そこにある霊的なムードにゾクリときたのだ。

神殿の外観は、たとえばアテナイにあるパルテノン神殿など、ほかの数々の神殿とほぼ同じである。石の円柱が美しく並び、三角の屋根を支えている。内部だって他の神殿とほぼ変りのない造りだろう。

なのに、カイレポンはアポロン神殿から、地の底の竜の吐息のような、なまぬるい異常を感じ取ったのだ(3)。何かのガスが、地の割れ目から噴き出しているのかもしれない。どこかしら異様だった。

カイレポンはこのまま何もせず引き返したほうがいいだろうか、と思った。なんかゾッとする雰囲気のところで、長くいることに耐えられなかったよ、ということにして。

しかし、すぐに考え直した。なにをビクビクしているんだ、と自分を叱《しか》った。ぼくはここで、神託を受けなければならないのだ。それが目的でやってきたのではないか。友人のソクラテスについての真実を知るために。

カイレポンはやせた蒼白《あおじろ》い男で、喜劇作家たちから蝙蝠《こうもり》とか夜の子とあだ名をつけられ笑いものにされていた。しかし、心の弱い男ではなかった。神殿の独自のムードにふと腰が引けかけたが、はたさねばならぬ目的を思い出してからはもうたじろがなかった。

どうしてもソクラテスのことを正しく知りたい。それがカイレポンの思いだった。

友人であるソクラテスは、カイレポンとは対照的に、ずんぐりとした、骨太の、逞《たくま》しい男だった。筋肉がほどよくついて力強い印象だ。キトンが肩から外れていたり、髪が大いに乱れているのを見て、ソクラテスをだらしのない男だと思う者がいるが、それは違っていた。ソクラテスは考えることに夢中で、なりには構っていないのである。

あんなに物事を理性的に、情熱的に考えられる男がほかにいるだろうか、とカイレポンは疑問を抱いたのだ。だからこうして、デルフォイにやってきた。

カイレポンは神殿の近くにいた神官に声をかけた。

「あの、アポロン神の神託を受けたくて来たのですが」

すると神官は、中に受付があるからそこで申しこめ、と言った。

カイレポンは神殿の中に入り、すぐ見つかった受付で同じことを言った。

「どこから来ましたか」

「アテナイです。アテナイのカイレポンといいます」

「きいてみたいのはどんな種類のことですか」

「私の友人が、どれほどの才能を持った男なのか知りたいのです」

「そういう質問なら、二ムナ[4]です」

カイレポンはその金を払った。

「神殿の中央部に進んで下さい。ただし、中央に柵《さく》で囲まれたアディトンという立入り禁止区域がありますから、そこへは入らないように」

そう言われてカイレポンは奥へと進んだ。すると確かに、柵で囲まれたところがあり、その中に巫女《ピュティア》がすわっていた。

そのあたりには強い異臭がたちこめていた。やはり地中から何かのガスが出ているのではないか、とカイレポンは思った。

そこに別の神官がいて、こう言った。

「神託希望者ですね」

「はい」

そのやりとりが耳に入ったのか、白い衣裳《いしょう》の巫女が立ちあがった。

「では、質問をはっきりした声で言って下さい」

いきなりそうくるとは思っていなかったので、カイレポンは少し焦《あせ》った。ムードにのまれていて、冷静な思考を失ってもいた。

「アテナイのソクラテスのことです」

考えをまとめる前にカイレポンは言いだしてしまった。

「ソクラテスより頭の強い人間はいますか」

そう言ってしまってから、カイレポンは少し変だぞ、と思った。カイレポンがききたかったのは、ソクラテスほど頭のいい人間はほかにいないのではないか、ということだった。つまり、ソクラテスよりも知恵のある人間はいるか、とききたかったのだ。

それなのに、頭が強い、なんて言ってしまった。頭が強いってどういうことだ。頭のよさは、強さではないだろう。

しかし、もう巫女は祈り始めてしまっていた。突然頭をグラグラと前後にゆさぶり、両手を広げてその場で回り始めた。かと思うといきなり屈伸したりする。目は大きく見開かれ、髪が乱れまくった。

そして、ふいにその動きが止まった。巫女は、体内に何かが降りてくるような仕草をすると、口を開いてこう言った。

「ソクラテスの頭は百獣の王ライオンの鬣《たてがみ》。ソクラテスより頭の強い者はおらぬ」

デルフォイの神託がそのように下ったのだ。

2

アテナイのアクロポリスの丘へ上る長い石の階段を、ソクラテスとカイレポンは話をしながらゆっくりと上っていった。

「するときみは、ぼくのためにわざわざデルフォイまで行ってアポロン神殿の神託を受けてきたというのかい」

ソクラテスは事実を明確にしておこう、という調子でそう言った。ソクラテスにはそんなふうな慎重な話し方をする癖があり、ある種の人には話のくどい奴《やつ》、と思われていた。

「その通りだよ、ソクラテス。ぼくはきみのことを尊敬に値する人物だと思っていて、その思いが正しいのかどうか確かめたくなったのだ」

「それは一見とても奇妙なことに思えるね。だって、自分に才能があるかどうか、はたして出世できるかどうか、というようなことなら神にきいてみたくもなるかもしれないが、ただ友人というにすぎない人間の才能のことをわざわざ旅をして神にききに行くというのはよくあることではないだろう。違うかい」

「それは確かにその通りだが、きみはぼくの友人たちの中で、何か特異な能力の持ち主のような気がして、本当のところを確かめたくなったのさ」

ソクラテスは歩みを止めて友人の顔を見た。ソクラテスの顔はいかつかったが、その目は優しい光を帯びていた。それにしても、頑丈な男とひょろりとした男という、対照的な二人であった。

「ではそれはよいとしよう。しかし奇妙なのは、きみがそこで受けてきた神託が、『ソクラテスより頭の強い者はいない』というものだったことだよ。頭が強いとはどういうことなのだろう。低脳だということを表すのに、頭が弱いと言うことはなくはないけど、頭が強いなんていう言い方をぼくはきいたことがないよ」

そんな話をしながら二人はアテナ・ニケ神殿の前を通り、楼門をくぐった。

「その奇妙な神託の責任はぼくにあるんだ。ぼくが本当に神にききたかったのは、ソクラテスより知恵のある者はいるか、ということだったんだよ。つまり、ソクラテスは誰よりも頭がいいのではないか、と思ったものだからね。ところが、アポロン神殿の中が不思議なムードで、熱気のあるガスに包まれているようでもあって、ぼくはすっかり集中力を失っていたんだ。そんな時に突然質問をしろと言われて、つい、ソクラテスより頭の、と言ってしまったんだよ。そして、知恵のある、と言ったほうがよかったかなあ、と、あたふた考えているうちに、頭の強い者はいるか、と言っちゃったんだよ。そういうぼくの言い間違いだった。そうしたら、神の答えが『ソクラテスより頭の強い者はいない』だったんだ。だからもしぼくが正しく、『ソクラテスより知恵のある者はいるか』ときいていれば、神の答えは『ソクラテスより知恵のある者はいない[5]』だっただろうね」

「それはないよ、カイレポン。ぼくは自分がほとんど何も知らないことを知っている。本当に、知らないこと、わからないことだらけなんだ。だから神託は『ソクラテスより知恵のある者はいっぱいいる』だっただろうね。もし万が一、神託が『ソクラテスより知恵のある者はいない』だったら、どうして神がそんなことを言うのかぼくにはまったくわからず、自分の無知を証明したくなるだろうね。たとえば高名なソフィスト(6)を訪ねて論争して打ち負かされるとかね」

カイレポンが言い間違えなければ、本当にそうなっていたかもしれない。ソフィストたちと次々に論争して、実は評論家もどきのそういう者たちが、知恵があるのではなく、自分が何も知らないことに気づいてないだけだと知るだろう。そして、私は自分が知らないことを知っている、それが知恵があるということなのか、と悟る。そしてそれからは、人々に無知を知らせる知者として生きていったのかもしれない(7)。

だがカイレポンのせいで、ソクラテスは頭が強い、という神託になってしまった。

二人はパルテノン神殿のほうに歩いていた。いつ見ても神々《こうごう》しい神殿だ。

「しかし、神託の意味は何なのだろう。ぼくの頭が強いってどういうことなのかなあ」

そう言ってソクラテスはパルテノン神殿のすぐ前に立ち止まった。ちょうどその時神殿の屋根の上に職人が登っていて、壊れたところを補修していた。そして職人は手に持っていた、拳《こぶし》二つくらいの大きさの石を誤って落としてしまった。職人がヒヤリとして下を見ると人間が立っている。そこで、注意しろ、というつもりで、わーっ、と大声を出した。

ソクラテスは声に驚いて上を見た。するとまさにその額に、拳二つ大の石が当たったのだ。

当たった石はいくつにも割れて飛び散った。だが、ソクラテスの額には傷ひとつなく、痛みもそう感じなかった。

ソクラテスは手で自分の額をさわり、やがて悟ったように言った。

「そうか。ぼくの頭が強いというのは、こういうことかもしれない」

これがすべての始まりだった。

3

ソクラテスは神託が誤りであることを証明しようとした。なぜと言って、神託の内容が彼には信じられなかったからだ。

なるほどぼくの額は普通よりも広く張っていて、いくらか頑丈なほうではあるかもしれない。二つのこぶのようなものさえあるこの額を見れば、頭の硬そうな奴だな、と思う者もいるだろう。

しかし、たとえぼくが少々石頭だったとしても、ぼくの石頭具合など、すべての人の中に入れて考えればとりたてて特異なものではないだろうと思える。つまり、ぼくよりも石頭の人間など、ざらにいるだろうということだ。

だからそれを実証してみよう。そうすれば神託が誤っていたことが証明され、デルフォイの神託も時には正しくないことが人々にわかるだろう。これは、神意に逆いたい、という不遜《ふそん》な考えからすることではなく、ぼくにはその神託がどうしても信じられないという素朴な疑問からすることだ。

そう考えたソクラテスは試しに、多くの奴隷《どれい》が働かされている石切り場へやってきた。そこで働く奴隷たちが、みんな、力自慢の体力人間に思えたからである。そしてその奴隷の中から、見るからに石頭そうな、額のガッシリした男を選んで声をかけた。

「きみはとても硬い頭をしているように見えるが、ひとつ私と石頭くらべをしてくれないかい」

そう言われた男が、あんたはおれに喧嘩《けんか》を売っているのか、と反応したので、ソクラテスは弁明しなければならなかった。

「そういうことではないのだ。実は、私のことをこの世で最も石頭な人間だと言った者がいるので、私は、とんでもないことだ、私より頭の頑健な者はいくらでもいるぞ、と思い証明したくなったのだよ。だから、私と、おでことおでこのガッチンコの勝負をして負かしてほしいのだが」

「あんたとおでこのガッチンコの勝負をして、望み通り負かしてやったらおれにいくらかくれるのかい」

と男が言ったので、ソクラテスは私を負かしてくれたら五十ドラクマ(8)払おう、と約束した。

「それだけで五十ドラクマになるのなら、すぐさまあんたをこの石頭でのしてやる」

と言って男は身を低く構えたので、ソクラテスもそうした。

いきなり奴隷の男は、ソクラテスの額にゴチン、と頭突きをくらわせた。しかし、ソクラテスにはそれが少しも痛くなくて、相手が本気を出しているとは思えなかった。

「本気を出してくれなきゃ困るよ」

「本気だと。いいとも本気を出してやるよ。これならどうだ」

男はソクラテスの額に、ゴチン、ゴチン、ゴチンと、続けざまに頭突きをした。しかしそれでもソクラテスには痛くも痒《かゆ》くもなかった。

これぐらい本気でやらなきゃダメだということを、この男に教えなければならない、とソクラテスは考えた。そこで、自分のほうから、その男の額にガツンと頭突きをくらわせてみた。

その一発で、奴隷の男は気を失い、地面に崩れ落ちた。白眼をむいていたが、口から泡を吹いているので、命があることはわかった。命があってくれてよかった、とソクラテスは思った。

何人かの奴隷が、仲間を心配して近寄ってきた。

「牛の頭と呼ばれているゴルギアス[9]がのびちゃってるぜ」

と言った奴隷に、ソクラテスは金を渡してこう言った。

「この男が意識を取りもどしたら、この五十ドラクマをやってくれないか。だいたいにおいてそういう約束だったのだから」

そう言いながら、ソクラテスは自分の額を左手でさすり、何の痛痒《つうよう》もないことを確かめていた。

4

それからというもの、ソクラテスはなんとか自分が全ギリシアの中で、いや、このアテナイに限ってだって、一番の石頭ではないということを証明するために、額の硬そうな者を訪ね歩いては、ガッチンコの頭突き勝負を重ねた。(10)その相手となった者には、大工や、鍛冶屋《かじや》や、怪力を見せる大道芸人や、オリンピックで優勝したレスリングの選手などもいた。

しかし、そのうちの誰一人としてソクラテスを頭突きで打ち負かせる者はいなくて、ソクラテスが本気でガチンとやると、気絶して倒れてしまうのだった。

これはどうしたことだろう、とソクラテスは考えた。

それでは、やはりデルフォイの神託は正しかったのだろうか。このぼくより頭の強い者はどこにもいないのか。ぼくはすべての人の中で一番の石頭なのか。

そしてさらに考えを進めた。

もしそうだったとして、だったらぼくは何をすればいいのだろう。誰よりも頭が強いのだとして、それをどう生かせばいいというのか。煉瓦《れんが》を額にぶつけて割り、鉄の鍋《なべ》を額にぶつけてへこませる芸を見せる大道芸人にでもなれというのか。ぼくとしては、そんな芸で人々を驚かすことにはまるで楽しみを見出《みいだ》せないのだが。

そもそも、頭が強かったとしてそれが何かの役に立つのだろうか。ぼくとしては本当は、世の中の様々な問題について考え、無知な人に真理を教え諭すようなことがしたいのだが、頭がよいのではなく、頭が強いだけではそのことの役に立つわけでもない。それに、ぼくが一番の石頭ではないことを証明しようとして、何人もの力自慢の者と勝負をし、そのたびに五十ドラクマ払ったせいでぼくはすっかり貧乏になってしまった。妻のクサンチッペ(11)がぶつぶつと文句を言うのもまったく無理がないことなのだ。この石頭でぼくは何をすればいいというのだろう。

そんなことを考えながら、その日ソクラテスは石切り場へやってきて、ぼんやりと歩いていた。実はその石切り場は、彼が最初にゴルギアスという奴隷を頭突きで気絶させたその石切り場だったので、何人かの奴隷がソクラテスのことを覚えていた。

「見ろよ、ソクラテスだぜ。牛の頭のゴルギアスを気絶させた石頭の持ち主だ」

「そうと知ってあの額を見ると、鋼鉄よりも頑丈だというふうに見えるよなあ」

そんなことを言う者がいる中で、ある奴隷が、そうか、と何かを思いついた様子で、ソクラテスの前に歩み出た。

「この世で一番頭の強いソクラテスさん。実はあんたにお願いしたいことがあるんだが」

「私に願いたいこととは何だろう」

「これです。この岩でさ」

そう言って奴隷は、大きな大理石の塊を示した。

「この大理石が、信じられないほど硬くて、どうしても二つに割ることができなくて困っているんだ。岩を割るには、小さなヒビを見つけて、そこに鉄のくさびをあてがい、ハンマーで叩《たた》けばいいのだが、この岩ばっかりはそのやり方をしてもまったく割れないんだ。だからあんたの、その石頭を貸してもらえないだろうか」

「きみの言っていることは、私の頭でこの岩を割ってほしいということだろうか」

「その通りでさ。あんたならこの岩を割れるような気がするんだ」

ソクラテスは当惑の表情を浮かべたが、ついにこう答えた。

「私の頭が、岩を割ることに役立つとはどうも思えないのだが、頼まれてしまったのだから一度やってみるしかないのだろう」

「やってみてくれ」

というわけで、大きな大理石のかすかなヒビに、鉄のくさびがあてがわれた。ソクラテスは息を止め、そのくさびの尻《しり》にガツンと頭突きをくらわせた。

するとさしもの大理石が、パカッと真二つに割れたのである。おお、と奴隷たちはどよめいた。ソクラテスは、我ながらあきれた、という様子で独りごちた。

「なんということだ。岩をも割ってしまう石頭だなんて」

その時、奴隷たちをかき分け、一人の青年がソクラテスの前に出て、こう言った。

「ソクラテス。私はパイドン[12]という者です」

「私に何か用があるのかい、パイドン」

「用というのではなく、私をあなたの弟子にしてほしいのです」

パイドンがそう願ったのは、ある種の尊敬心からだった。ソクラテスのこの世のものとは思えないほどの石頭ぶりを見て、あたかも、強いレスリング選手に憧れ、ファンになってしまう者がいるように、パイドンはソクラテスの石頭に魅せられたのだ。

「私は弟子などとらないのだよ。友人ならいて喜ばしいことだが」

「では私を友人の一人にして下さい。あなたのことを尊敬している友人に」

こうしてパイドンは、ソクラテスの友人になった。そしてそれからというもの、シミアスとかアリストデモス、アポロドロスなど、多くの若者が次々とソクラテスの友人、その実は弟子になっていったのだった。ソクラテスは友人たちが払う月謝で生活していけるようになった。

5

ソクラテスは戦場にいた。エーゲ海の北端にある、エイオンという街にアテナイ軍の一兵士として従軍していたのだ。紀元前四二二年の冬のことで、ソクラテスは四十七歳だった。

エイオンは港町だった。なぜそんな港町にアテナイ軍がいるのかというと、そこに流れこむストリュモナス川を少し溯《さかのぼ》ったアンフィポリス市がスパルタ軍に占領されていたからだ。なんとかアンフィポリスを奪回できないものかと、そこに陣を敷いたのである。

アテナイを中心とするデロス同盟軍と、スパルタを中心とするペロポネソス同盟軍が戦うこの戦争が、ペロポネソス戦争(13)である。この戦争はもう九年も続いているのだ。ソクラテスが戦争に駆り出されたのはこれで三度目のことだった。

アンフィポリスを占領するスパルタ軍の将軍は、名将と謳《うた》われたブラシダス。ソクラテスが従軍するアテナイ軍を率いる将軍はトゥキュディデスであった。このトゥキュディデスは後に軍人をやめて歴史家になり、『歴史』（『ペロポネソス戦争史』とも）

という名著を残す。

しかし今は、スパルタ軍に奪われたアンフィポリス市を取り返さんと総力をあげているところだった。ところが、ついにエイオンに、スパルタ軍が総攻撃をかけてきた。

この戦争におけるソクラテスの働きはめざましいものであった。初めのうちこそ、彼は槍《やり》を手にして戦っていたのだが、その槍先を敵兵の刀で切り落とされてからは、頭で戦ったのだ。

知恵を使って戦ったという意味ではない。戦場においては、知恵は武器とはならない。

ソクラテスは、敵兵の攻撃をかわし、そいつの頭を両手で持つと、強烈な頭突きをくらわせたのだ。それだけで、スパルタ兵は次々に気絶していった。襲いくる敵兵を、ソクラテスは強い頭でいともたやすく倒していった。次から次へと、おでこをガチン、ガチンと額で突いて気絶させていったのである。その姿はまるで野獣のようであった。熊《くま》が暴れまわっているかのように見えた。

「せ、先生……」

と、パイドンなどはあきれて絶句するばかりだった。

とその時、敵兵の射た矢がソクラテスをめがけて飛来した。

「あっ！」

とソクラテスの弟子たちは叫んだ。戦場に仁王立ちになったソクラテスの頭部に矢が一直線に襲いかかったのだから。さしもの豪傑も命運つきたかに見えた。

矢は、ソクラテスの額に命中した。だが、その瞬間に、矢は真二つに折れてはじけ飛んだ。鏃《やじり》はソクラテスの頭蓋骨《ずがいこつ》を貫くことができず、はね返されたのだ。

ソクラテスは額に小さな傷を負って、ほんの少し血が流れ出た。だが、それだけだった。ソクラテスは苦痛の表情も見せず、なお戦う意欲満々に立ちつくしていた。

「つ、強《つお》い……」

とパイドンはあきれ声でつぶやいた。この世にソクラテスより頭の強い人間はいないのである。

ソクラテスは獅子奮迅《ししふんじん》の働きを見せたが、このときの戦争は結局スパルタ軍の勝利で終った。

ペロポネソス戦争は間に休戦をはさんだりしながら、二十七年も続くのだったが、最終的な勝者はスパルタを中心とするペロポネソス同盟軍だった。

ソクラテスはさすがにその戦争の末期にはもう従軍できず、故国の負けを見るしかなかったのである。

しかし、スパルタの兵の間に、アテナイ軍の中には矢で頭を射られても死なぬ熊のような兵がいる、という伝説だけは残ったのだった。

6

ソクラテスは訴えられた。その罪状(14)は、アテナイの若者たちにおでこを壁にぶつける遊びを広めバカにした、ということと、神よりも強い額のほうが偉大だ、という邪教を広めた、というものだった。

ソクラテスはあわてず騒がず、自分の罪状について自分で弁明した。それは、こんな内容のものだった。

「アテナイ人諸君(15)、諸君が、私を訴えた人たちの今の話から、どういう印象を受けられたか、それはわからない。しかし私は、自分でも、この人たちの話をきいていて、もう少しで自分を忘れるところでした。そんなに彼らの言うことは、もっともらしかったのです。しかし、落ちついて考えてみれば、彼らの言ったことは、そのほとんどが嘘《うそ》であります。彼らのうちの一人は言った。ソクラテスは若者たちに頭突きの術を教え、たんまりと指導料をかせいでいたと。ああ、よくもそこまであべこべなことが言えたものです。私の友人、それをここでは弟子たちと言っているのですが、私はその若者たちを友人と考え、そのようにしか呼んだことはありません。その友人たちから、指導料をとるなどということは、私は一度も考えたことがありません。ただ友人として、彼らは私に最低限生きていけるだけの募金をしてくれたのです。それをも拒むのでは友情にヒビが入ると考え、私はそれを突き返しはしませんでした。ただそれだけのことが、私が不法に金をむさぼったという話にされているのです。

実のところ私は、自分が本当に強い頭の持ち主であるかどうかを確かめるために、頑丈な額を持った人たちとガッチンコくらべをした時には、五十ドラクマずつを支払っていたのです。すなわち、金を得んがために頭突きくらべをしたのではまったくないことがここに証明されています。

また別の人はこういうことを言った。ソクラテスが若者たちに額を強く鍛えよと説いたために、多くの若者が額を壁にぶつけてその結果少しバカになってしまったと。それもまた真っ赤な嘘であります。このアテナイの家屋は多く石で造られており、いきなり額を石にぶつけるという危険なことを私が彼らに言うわけがない。私が彼らに言ったのは、実にもって無難なトレーニング法、つまり、リンゴを額で割ってみることができるかね、というそれだけだったのです。考えてみて下さい。若者が額でリンゴをジュースにしたとして、それでその者はバカになるでしょうか。もしその若者がバカだったとしたら、それはその者がもともとバカだったからにほかならないのです。また別の人はこういうことを言った。ソクラテスは自分が石頭であることで図に乗り、いかなる神々よりも私の頭のほうが偉大だとうそぶいていると。ああ、どこからそんなとんでもない嘘を持ってきたものでしょう。私はただ単に、頭が強いだけなのです。デルフォイの神託を信じるのならば、ほかの誰よりも頭が強いのですが、頭が強いというのはその人間の特性であるだけで、美点でも、神性でもないのです。それはもう、考えるまでもないことではありませんか。たとえばカバは他のどんな動物より大きく口を開くことができますが、だからカバは神より偉大だと思う者がどこにいるでしょう。私の頭の強さは、カバの口が大きく開くのと同じように、ただ強いのであり、神性とはなんの関りもないことなのです。

しかし、私の頭が誰よりも強いことをもって、多くの人が私をうとましく思うのであれば、強い頭を持つ私はそれを受け入れなければなりません。なぜなら、強い頭も含めて、私はこういう人間だからです。頭が強いから、多くの若者が私に憧れ、次々と友人になったというその事実が、ある種の人々の憎しみをかきたてたというなら、私はその憎しみを受け止めなければならない。

そのように、強い頭を持ってしまっている自分を肯定するからこそ、私は人々の憎しみを受け入れ、毒杯をあおるのです。念のために申しあげておけば、私の頭の強さは、毒に対してはなんの抗力も持っていないでありましょう。頭が強くても、毒を飲めば死ぬのです。

そして私はそのように死んだことにより、全ギリシアで最も頭の強い男だったと記憶されるでありましょう。私はせめて、そのことを喜び、死んでいこうと思います。この不当な罪状を、私は認めるのではなく、なのに毒杯をあおるのです。それが私、ソクラテスなのです」

このソクラテスの弁明は、弟子のプラトンが記録に残している。かくして、死んだことによりソクラテスは、この世で最も頭が強かったという事実を、歴史に刻んだのである。

（1）若い時からのソクラテスの仲間で、貧相なのでよく喜劇作家にからかうように書かれた。彼がデルフォイへ神託をききに行ったことは事実である。しかしこの小説にあるようなおかしなことをきいたのではない。

(2)ギリシア中部にあるパルナッソス山のふもとにあったアポロンの聖地で、神託地。ピュティアと呼ばれる巫女《みこ》が神がかり状態になって、質問者に神の言葉を伝えた。多くのポリスの国王、為政者たちが政治的決定をするのにここの神託を参考にした。
(3)この神域には大地の割れ目があり、ピュティアは地底から立ちのぼる霊気を吸い、忘我の状態になって神の言葉を発したと言われている。この地の割れ目の跡が最近発見されている。
(4)一ムナは四千円ぐらいだそうだが、そう書いてある私の持っている本は、一九七二年の刊行だものなあ。
(5)本当の神の答えはこれだった。だからこの小説のような石頭くらべはなかったのである。しかし小説の内容を、注が否定しちゃっていいのであろうか。
(6)その頃いた、金を取って雄弁術などを教えていたエセ知者たち。ソクラテスはソフィストを次々と論破していき、彼らの無知を知らしめたのだ。それがホントーのことなの！
(7)ソクラテスの生涯はそういうものだったんだってば。
(8)百ドラクマが一ムナである。だから四十円ぐらいが一ドラクマだが、資料が古いからなあ。
(9)ゴルギアスというのはソクラテスが論破したソフィストの一人と同じ名前である。ま、そういうおふざけだ。
(10)古代オリンピックは紀元前七七六年から、紀元三九三年まで四年に一度、第二百九十三回大会まで開かれた。ソクラテスの時代には第八十回から、九十回くらいの大会が開かれていたのである。
(11)ソクラテスの妻クサンチッペは悪妻だったことで有名である。しかしその話の根拠は、クセノフォンという男が書いた『ソクラテスの思い出』という本の中に、ソクラテスの息子ラムプロクレスが、「母さんはひどいことばっかり言って、あんな人を母だとは思いたくないくらいです」と言って、父にたしなめられているシーンがあるだけである。
(12)パイドンはソクラテスの弟子。ソクラテスが刑死させられる場に立ちあって、その時の様子をエケクラテスに話してきかせることで有名である。

(13)紀元前四三一年から前四〇四年にかけての戦争。確かにソクラテスはこの戦争に三度従軍しているが、石頭で戦ったのではない。

(14)ソクラテスが訴えられた罪状は、ソクラテスは国の定める神々を認めず、異説を唱えて青年に害毒を与えている、というもの。あっ、それならこの小説中の罪状とそう変らないではないか。そんなところだけ事実に近いことを書くわけだ。悪質だなあ。

(15)わーっ、ひどい。ここから「彼らの言うことは、もっともらしかったのです」まで、文字使いは少し違うが、文章は丸ごと田中美知太郎訳のプラトン『ソクラテスの弁明』からの引用じゃないか。つまりパクリだ。そもそもこの作者は（実は私のことだけど）、他人の文章の引き写しみたいなことを平気でするんだよね。そして、本物をそのまんま持ってきても、自分の作ったデタラメ小説にピタッとはまることを楽しんじゃってるんだよなあ。ソクラテスは人々にその無知を知らしめた人で、その罪を問われると、自ら受け入れるように刑死した人だという事実も、少しは知っておいて下さい。石頭のことは忘れてよろしいから。

プラトンの対話ヘン

遠い異郷の地から、一人の男がプラトンを訪ねてやってきた。その男シミヨス[1]は、生まれ育った地でギリシアのアテナイに住むプラトンの噂《うわさ》をきき、関心を持ってプラトンの著作のいくつかを読んだのだ。そして、初めのうちはそこに書かれているソクラテスの叡知《えいち》にいたく感動して、ソクラテス・ファンというが如《ごと》きものになってしまった。しかしそのうちに、ソクラテスは本当にこういう対話をしたのだろうか、という疑問を抱いてしまい、それを確かめるためにもぜひともプラトンに会って話をききたい、と思うようになったのだ。

というわけで、シミヨスはプラトンを訪ねたのだが、その当時はまだなかったはずの西暦でいえば、紀元前三五二年であり、プラトンは七十五歳だった。以下に二人のやりとりを、対話形式に表してみる。

シミヨス　どうしてもあなたにききたいことがあって、このアテナイにはるばるやって来たのです。私の質問に答えていただけるでしょうか。

プラトン　私に答えられることならばなんなりと答えよう。なぜかといって、私は友と有意義な対話をしたり、未来ある若者に知的な話をしたりすることが好きだからだ。うまく進められる対話は、まことに教訓に富んでいて、大いに知性を刺激されるのだからね。というわけでシミヨス、きみの質問には何なりと答えようと思うのだが、ひとつ答えてくれないか。どうしてきみは、さっきから私のほうを見ず、真横を向いてしゃべっているのかね。

シミヨス　失礼な態度であったらお許し下さい。実は私はひどい方向音痴で、どっちを向いてしゃべればいいのかわからなくなってくるのです。

プラトン　それならばしかたがないね。では質問とは何だね。

シミヨス　それは、あなたとソクラテスの関係についてです。というのは、あなたの著作を読んでいるうちに、私に次のような疑問が生じてきたからです。あなたの著作には、ソクラテスの言ったことが書かれています。『ソクラテスの弁明』では、彼が自分の裁判でした弁明が書かれていますし、そのほかの多くの著作では、ソクラテスが友人や弟子と、また時には論敵と交した対話が書かれています。そこで私は、ソクラテスはなんと知恵ある人で、見事に人々の無知をあばいて啓蒙《けいもう》していくのだろう、と驚嘆して読んでいたのです。しかしそのうちにふと、どうも変だな、という気がしてきました。それは、ソクラテスのそれらの対話は、ソクラテスその人が書いたものではなく、あなた、プラトンが書いているのだという点についてです。
プラトン　それはまさしくその通りだよ。ソクラテスは書く人ではなく、対話する人だった。彼は一冊の著作も残してはいない。
シミヨス　そうなのです。あなたはソクラテスの弟子だった。だからソクラテスが誰かと対話するのをきいたこともあるでしょう。そこでそれを記憶で再現してあれらを書いたということは考えられます。たとえば『ソクラテスの弁明』は、あなたもその裁判の場にいて、あの弁明をきいていた。だからそれをその通りに記録したのでしょう。とまあ、一度はそんなふうに考えたのですが、そのうちその考え方ではすべてを説明できないことに気づいたのです。そう考えるようになったきっかけは、あなたの書いた『パイドン』を読んだ時でした。『パイドン』は、ソクラテスが毒杯をあおって刑死する日に語ったことを、その場にいてきいたパイドンが、そこにいなかったエケクラテスに話してきかせるという構成です。そしてパイドンは、その場にはほかの弟子も友人もいたと何人かの名をあげるのですが、こう言っているのです。その場に、プラトンは病気のためいなかった、と。この発言からは、ひとつの謎《なぞ》が浮かびあがりますよね。あなたはソクラテスが刑死する場にはいなかったのです。なのに、なぜ刑死の前にソクラテスが話をする『パイドン』が書けたのでしょう。

プラトン　それは、エケクラテスと同じように、パイドンからきかされた、と考えることもできるのではないかな。もしくは、パイドンがエケクラテスに語るその場にいてきいていたという説明も成り立つね。しかしそれにしても、きみは私に背を向けて質問しているね。

シミヨス　私の方向音痴は見逃して下さい。話を続けますが、そう考えて一応の納得をすることはできます。しかし私はこの時の、その場にいなかったプラトンになぜこれが書けたのだろう、という疑問というか、ひっかかりをそれから少しずつ育てていったのです。そのひっかかりというのは、ソクラテスは本当に、このプラトンの著作の中にある対話をしたのだろうか、という疑いでもあります。でも、話を急ぎすぎてもいけません。まずは、こういうことを尋ねましょう。ねえプラトン、あなたはソクラテスとはいくつほど歳《とし》が離れているのですか。

プラトン　ソクラテスは私より四十二歳年上だった。
シミヨス　ではもうひとつききます。あなたは何歳の時にソクラテスと知りあい、それから弟子としてとりまきの一人となったのですか。
プラトン　それは私が二十歳の時のことだ。
シミヨス　ということは、その時ソクラテスは六十二歳だったのですね。そして、ソクラテスが刑死させられるのが七十歳の時だから、八年間ばかりあなたはソクラテスの弟子だったことになる。その八年間はソクラテスを尊敬して彼の語ること、することを熱心に見守ったことでしょう。
プラトン　そうなのだが、きみはいつの間にか私の背後にまわって、我が家の壁に向かっているのだね。しかし、無視しよう。私はソクラテスの語るひとつひとつの言葉に熱心に耳を傾けた。そして彼のすることを、ひとつ残らず見守ったのだった。そして、それだけではない。私の父は、私が生まれる前からソクラテスと知りあいで、何度も話したことがあるのだ。また、私の年の離れた兄たちは、私が幼くてまだソクラテスと知りあう前に、ソクラテスからいろいろな話をきいている。
シミヨス　そうでした(2)ね。私も多少は伝えきいていますが、あなたの家はアテナイの名門で、あなたの親兄弟は早くからソクラテスと親交があったのだとか。だからあなたが実際にソクラテスと出会って弟子になるより前のソクラテスの言動を、あなたは父や兄たちからきかされた、ということは十分に考えられるのです。しかし、どうもそこが釈然としない。人から伝えきいたソクラテスの言葉と、自分が直接その耳できいた言葉は同じくらいの重さを持つものでしょうか。またぎきで知ったソクラテスの言葉は、直接きいた言葉よりもぼやけていて、知性の強さが少し弱まってしまっているのではないでしょうか。しかし、この言い方では私の疑念がわかりにくいですね。

話を先走りすぎたようです。もっと直截《ちょくせつ》に、このことをききましょう。あなたの著作に『プロタゴラス』というものがあります。これは高名なソフィストであるプロタゴラスを、ソクラテスが論争して打ち負かす、という内容のものですが、その対話がなされたのは前四三三年頃、ソクラテスが三十六歳くらいの時だったらしいのです。ということは、それはあなたがソクラテスの弟子になるより前、どころか、あなたが生まれるよりも前になされた対話だったということです。そうだとしても、父や兄から、もしくはほかの弟子から、ソクラテスの友人から、ひょっとしたらソクラテス本人から、昔こういう対話をしたことがあるよときかされたのかもしれないので、あなたにあれが書けるわけがないとまでは断言できないのですが。

プラトン　きみはなぜか私の両足の間にねそべって、上を向いてしゃべっているが、それは無視するしかないのか。話を進めよう。きみはとても慎重な言い方をしているが、つまりそれはとても微妙な、だが重大なことを知りたいと思っているからのようだね。

シミヨス　そうなのです。私はとても微妙なことを知ろうとしているのです。あなたの書いたソクラテスの対話の中には、直接あなたがその耳できいたはずのない、まだソクラテスの弟子になる前のもの、そして場合によってはまだあなたが生まれる前のものまであるのです。それなのにそういう著作の中でも、ソクラテスは実に見事に、そしてリアルに、対話を進めている。そのリアルさに、ふと私は、そもそもソクラテスはこういう対話をしたのだろうか、と考えてしまいます。これらはプラトンの作品たるフィクションではないのか、という疑いが生じてきてしまうのです。

プラトン　私の書いたソクラテスの独白や対話は、すべて私が師をモデルにして、無から作り出したフィクションで、ソクラテスはそんな対話をしてはいない、というのかね。

シミヨス　いや、そんなふうに全否定的に考えているのではありません。あなたはたとえソクラテス晩年の八年間だけとはいえ、本当に弟子だったのであり、ソクラテスと会話も交したし、ソクラテスが対話をするのをきいていたこともあるでしょう。だから、本当にソクラテスはこういうことを言った、という記録も書けるのです、そこは疑いません。しかし、すべてがあった通りの記録なのだろうかと考えていくと、その場にいなかったのなら、どうしてこんなにありありとした記録が書けているのか、という不思議も生まれるのです。

しかし、同じことをまわりくどく何度も言うだけでは話が前へ進みませんから、もうひとつ私が妙だなと思っていることを説明してみましょう。あなたは書簡集を含めて三十六編の著作を残しています。そしてほんの一、二例(3)をのぞいて、そのほとんどがソクラテスが誰かとした対話です。ところが、そのたくさんの対話の中に、あなたが出てきてしゃべるものはひとつもないのです。既に言ったように、『パイドン』の中には、その場にプラトンは病気のためにいなかった、と名前だけ出てきます。それから別の著作の中に、その場にはプラトンもいた(4)、と書いてあるものがあります。しかし、そのプラトンは一言もしゃべっていません。要するに、ソクラテスがあなた、プラトンと対話する作品はひとつもないのです。これはどういうことなのでしょう。ソクラテスは私にこう言った。私はこう答えた、という対話が書ける材料をあなたはいっぱい持っているはずなのに。とにかく、あなたの書いたソクラテスの対話編の中に、あなたがまったく出てこないのは何か意図があってそうしているのだとしか思えない不思議なことなのです。

プラトン　きみが私の家の天井にぶら下がっていることは無視する。その謎をきみはもう解いている、と言いたいのかね。

シミヨス　いえ、とんでもない。私にはその謎が解けてはいません。それに、そもそも謎なんてないのかもしれません。あるのはただ、不思議だなあ、という感想だけなのですから。その不思議な感じから私は、ある想像をしてしまうことを自分に禁じることができなかったのです。もったいぶらずに、その想像についてお話ししましょう。つまり、あなたの著作の中に出てくるソクラテスは、あなたの思想をしゃべらされているのではないか、という想像です。いや、すべてがそうだと考えているわけではありません。いくらなんでもそれはないのです。『ソクラテスの弁明』などは、あの裁判の時にソクラテスの発言をきいた人が大勢いるのだから、あなたが勝手なことを書くわけにはいかない。だいたいにおいてソクラテスはああいう弁明をしたのだろうと思いますよ。だが、ソクラテスがもっと若い時期に語っている著作、そう、たとえば『国家』[5]などがそういう著作ですが、そういうものの中でソクラテスが言っていることとは、もう実際のソクラテスの発言の記録ではなく、あなたの思想を代弁しているのではないか、と考えてしまうのです。そして、だからこそそうした対話に、あなた、プラトンが出てくることはないのです。だって、そのソクラテスが実はあなたなのだとしたら、もう一人、プラトンを出すのは変だからです。

プラトン　シミヨス。きみはとても気配りのある話し方をしてくれたね。きみが私の家の台所の大きな鍋《なべ》の中に入っているのは奇妙だが。たとえばの話、あなたの書いたソクラテスは本物ではない。それはあなたの思想を口にしている偽物《にせもの》なのだ、なんて言ってもいいところを、そうは言わず、二人の思想がまじわって、一人のソクラテスが言ったようになっているのではないか、というふうに匂《にお》わせてくれた。私はきみのその気配りある言い方に敬意を表して、すべてありのままに本当のことを言おう。実のところ、きみの想像はだいたいいいところまで行っているのだ。私の書くソクラテスの対話の多くは、私がその場にいてこの耳できいて、きいた通りに記録したものではない。いやもちろん、記録的なものもあるのだが。『ソクラテスの弁明』は、あの裁判の時に彼がした弁明をほぼ忠実に記録したものだよ。しかし、それでさえ、一言一句彼の言った通りの再現ではないよ。なぜなら、私は彼の言葉をそっくり丸暗記できているわけではないからね。彼はだいたいこういうことを言った、と思い出しながら再構成したわけなのさ。そしてある部分では、これは言う順序を入れかえたほうがわかりやすいだろう、などと考えて、話順を変えたようなところもあるわけさ。わかるね。我が家の戸口から出てしまったシミヨス。

シミヨス　それはよくわかります。音声記録装置があるわけではないこの時代に、記憶をたどってある発言を再生するのですから、事実そのものでないのは当然のことかもしれません。

プラトン　そう。この耳できいたことを人々に伝えようとして書いたものでも、私の解釈がどうしたってまぎれこんでしまうのだよ。そして、私は私の思い出の中にある、私の理解したところのソクラテスに、彼ならおそらくこんなことを言っただろうと想像できる対話もさせている。きみの言った『国家』(6)などは、私のソクラテスが、私の質問に答えてくれるかのように想像して書いたものだよ。本当にソクラテスがああ言ったのか、ときかれるならば、そんな対話はきいていない、というのが正直なところだ。だがシミヨス、ここを誤解しないでほしいのだが、だったらあのソクラテスはこの私、プラトンのことなのか、と考えるのは、それまた少し違っているのだ。きこえたかね。隣の家へ行ってしまったシミヨス。

シミヨス　きこえます。あなたは偽ソクラテスをこしらえたわけではないと言うんですね。

プラトン　そう、私は偽ソクラテスに私の思想を語らせたのではない。私が若い時に出会い、これほど知恵のある人はいないと感じて尊敬した、そのソクラテスに、彼ならこう教えてくれるだろうと思える対話をさせたのだ。つまり、私はソクラテスに出会って、善とか、美とか、勇気とか、正義とかについて、どう考え、どう語るべきなのかを教わったのだ。だから、そういうソクラテスを書いた。そして確かに、書いていくことにより私の理解、思想も深まっていったのだ。だからこういうふうに言ってもいいだろう。私はソクラテスに出会ったことにより、そして彼の自らそれを受け入れるような死を見たことにより、思索する人間になったのだと。言いかえれば、私とソクラテスが出会った時に、知を愛する、つまり愛知、フィロソフィー(7)、要するに哲学というものが生まれたのかもしれない。そんなわけで、私と、もう亡《な》くなっているソクラテスは一体になって、哲学的対話編が出てきたと考えるべきなのだ。おーい、わかったかい。うちの屋根の上に乗っているシミヨスよ。

シミヨス　わかりますとも。やはりそうなのですね。ソクラテスの対話は、あなた、プラトンの哲学でもあるのですね。しかし、ソクラテスが単なる発言役の登場人物というわけでもない。ソクラテスがあなたの哲学をあのように導いたのだから。そんなふうに考えればいいんですね。

プラトン　そう。ソクラテスを軽視することがあってはならないのだよ。

というふうに、二人の対話がある結論に達したかと思われた時、突然プラトンの家にもう一人の客がきて、一方的に自分のことをしゃべりだしたのだった。その客はダレマコスという名の男だった。

ダレマコス　アテナイにおける最高の知者であるプラトンよ。アカデメイアを設立し(8)たる学問の親玉で、どんな疑問にも必ず答えを教えてくれる得がたき人で、各家庭に一人ずつプラトンがいたら百冊のハウツー本があるより便利だというプラトンよ。あなたは私に教えてくれなければならない。なぜなら、ふいに考えなきゃいけないことがおこって、私はどうしたものかさっぱりわからず、途方にくれているからだ。どうしたらいいのか教えてくれ。

プラトン　ずいぶんだしぬけな話だね、ダレマコスよ。私は今、遠方から来た客人と意義深い対話をしているところなのに。

ダレマコス　話に割って入るのはすまないことだと思うが、こっちにはせっぱつまった事情があるのだよ。

プラトン　おききのような次第なのだ、シミヨス。ここでこの男の相談にのってやることを許してくれたまえ。

シミヨス　わかりました。私はここで二人の対話をきいていることにします。なるべく動かずじっとして。

プラトン　ダレマコスよ。いったい何があってうろたえているのかね。

ダレマコス　てっとり早く言えばこういうことなのだ。まったく予定していなかった思いがけないことに、今夜私の家へとても大切な客人が来ることになったのだよ。この客人というのが、細かいことを説明するのは省略するけれど、私としては恩あって決して接待に疎漏《そろう》があってはならない相手で、どうあっても最高のもてなしをしなければならない相手なのだ。酒でもてなし、料理も出して、歓待しなければならんのだよ。しかし、あまり客など迎えたことのない私には、どのように接待すれば最善なのかがよくわからないのだ。料理を出すといったって、へたなものを出せばかえって相手に、自分はこの程度の接待しかしてもらえぬのか、喜ばれざる客なんだな、と思わせてしまうかもしれないだろう。だから教えてほしいのだ。最善のもてなしのための料理はどうすればいいのだろう。

プラトン　なるほど。きみは私に、もてなしのイデアをききにきたのだね。(9)

ダレマコス　イデアとは何だね。私がききたいのはイデアとかモデアとかではなく、私にできることと言えば雌鶏《めんどり》の料理を出すことぐらいなものだが、どうすれば客を最も喜ばせる料理になるだろうということだよ。

プラトン　それこそが、もてなしのイデアを考えるということなのだよ。イデアとは、想起できるその最良のイメージ、とでもいうもので、善はそのイデアを実体化しようとする努力を通して実現されるのだからね。

ダレマコス　何の話をされているのかさっぱりわからないよ。

プラトン　よくきいてその頭で考えたまえ。きみが求めていることは、客人に最良のもてなしをしたいということだ。ならばそれは、善のイデア⑩をめざしたところのもてなしをする、ということにほかならない。そこで、雌鶏を料理するのであれば、善のイデアにかなう雌鶏、つまり雌鶏のイデアを考え、それを求めなければならない。

ダレマコス　その雌鶏のイデアとやらはどこで売っているのかね。教えてくれれば早速買ってくるよ。

プラトン　イデアがどこかに売られている具体像を持ったものだと考えてはならない。だってそれは、想起される最良のものなのであって、何羽かいる雌鶏の中の最良のものなどではないのだからね。雌鶏のうまさを構成する、肉質、肉の軟らかさ、肉の味、脂《あぶら》ののり具合、皮が持っている香ばしさ、嚙《か》みごたえ、などのすべてについて、最良を想起するのだよ。そのように想起される雌鶏が、雌鶏のイデアだ。

ダレマコス　一生懸命にそういう雌鶏を考えてみるよ。しかしそういう雌鶏は売ってないんだろ。

プラトン　イデアは売っているものではない。想起されるものだ。しかし、まずイデアを考えることなしに、どうして最良の雌鶏を手に入れることができよう。

ダレマコス　でも、想起しただけの雌鶏は食べられないじゃないか。

プラトン　想起された最良のものであるイデア、つまり善のイデアにつながる雌鶏のイデアを食べることはできない。次にきみがすることは、イデアと、この世界に現われている事象との合致を思考することだ。実際の雌鶏の中から、雌鶏のイデアに合致する実相の雌鶏を見つけ出すことにある。つまり、イデアの写しである実際の雌鶏を探して求めるのだ。

ダレマコス　イデアに合致する実相の雌鶏を求めるとは具体的にはどうすればいいのだろう。

プラトン　それは、なるべくいい雌鶏を探して買うということだ。

ダレマコス　なんだ、それでいいのか。それならばできそうだ。

プラトン　きみは今、それなら簡単なことだと思ったようだ。しかし、そうではないのだよ。雌鶏のイデアを考え、それに合致する実相の雌鶏を求めるということは、一度は対象を形而上《けいじじょう》の[11]ものとして考え、その写しとして形而下[12]の事象を求めるのだからね。そのようにして得た雌鶏こそが、最良の雌鶏なのだ。

ダレマコス　とにかく、なるべくいい雌鶏を買えばいいのだろう。それでその、雌鶏のイデアというやつもせいぜい考えるようにするよ。

プラトン　待ちたまえ。まだ話は終っていない。そのようにして得た雌鶏を料理するには、調味料や香辛料を使うことになるはずだ。そしてその調味料や香辛料は、そこいらにある並のものであってはならない。きみは最良のもてなしをしたいのだからね。そうであれば、善のイデアにつながるところの、調味料のイデア、香辛料のイデアを想起しなければならない。

ダレマコス　つまり、最善の、現実にはない理想のものを考えて、なるべくそれを写している現実の調味料、香辛料を求めればいいんでしょう。

プラトン　きみがイデアのことを本当に理解しているのかどうか、はなはだ心もとない気がする。

ダレマコス　理解してますよ。要するになるべくいい調味料と香辛料を使えばいいんだ。

プラトン　私の言うイデア論は、なるべくいいのを選ぶ、なんて結論にまとめられるものではなく、一度形而上学的な極みへ追いつめた真理に、いかにして近づくかという思考法なのだが、どうやらきみには理解不能なようだね。
ダレマコス　わかってますって。空想できる最善のものに、どんどん近づけていけばかなり最善なところに至るってわけですよ。じゃあそう考えて材料を集めてみます。
プラトン　待ちたまえ。もし仮にきみが雌鶏のイデア、調味料のイデア、香辛料のイデアの写しに近いものを手に入れたとしても、それだけでは雌鶏料理の最善を得ることはできない。料理法の問題があるではないか。肉にどんな下味をつけるのか、どんな火にどのくらい近づけて焼けばいいのか、どんなふうに熱い脂をまわしかけるのか、どんな色になったところで焼くのをやめればいいのか、そういう調理法についても、雌鶏の調理のイデアを考えなければならない。
ダレマコス　わかりました。なるべくうまく調理することにしましょう。
プラトン　きみのその、いきなりの結論が正しくイデアについて考えて出されたものとは思いにくいのだが。
ダレマコス　だって、結局はそういう結論になるらしいじゃないですか。
プラトン　私のイデア論を、結局はこんなこと、と理解しているようでは、理想の国家とは何かを考えようとした時にでも、結局はなるべくいい政治をしている国家という結論になってしまい、実は何も考えなかったのと同じなのだが、しかし、きみにこれ以上イデアを論じても無駄なのかもしれないね。

ダレマコス　いや、私は十分に参考になる教えを受けましたよ。客をもてなすのに最善の料理ができそうです。

プラトン　待ちたまえ、ダレマコス。きみは最善の料理さえ客に出せばそれで最善のもてなしだと思っているのかね。きみは先程、客を酒でももてなすと言ったではないか。酒といえば、この場合ワインということになるだろうが、そのワインが最善のものでないならば、もてなしのイデアは実現されないことになるよ。だからきみは、ワインのイデアもまた想起しなければならない。どんな葡萄《ぶどう》を使い、どんな製造法をし、どんな樽《たる》に入れ、どのくらい貯蔵したワインこそが、想起できる最善のワイン、つまりワインのイデアかということを考えなければならない。すべてはそこから始まるのだ。

ダレマコス　よっしゃ。なるべくいいワインを出すことにします。

プラトン　どうしていきなりそういう結論が出るのだね。私が説くのは、ワインのイデアなくしてもてなしのイデアは実現されず、善のイデアにつながることもないという深遠な真理であるのに。

ダレマコス　でも、だいたいやり方はわかりましたので、教わるのはこれで十分です。どうもありがとうございました。

プラトン　なんということだ。ダレマコスは帰ってしまった。彼はおそらく、まだ何も理解していないだろうはずなのに。

シミヨス　横できいていて、とても興味深かったですよ、プラトン。

プラトン　わっ。きみはどうして水瓶《みずがめ》の中から出てきたのだ。

シミヨス　なるべくじっとしていようとしたからです。それにしても今の対話は面白かったです。実は私も、あなたにイデア論について質問したいと思っていたのです。というのは、あなたのイデア論こそ、もちろん師のソクラテスの思想に導かれて生まれたのではありましょうが、あなた自身の哲学ではないかと思っていましたのでね。だからあなたに、イデア論のことをききたかったのです。そうしたら、思わぬ客の思わぬ質問をきっかけとして、あなたのイデア論をきくことができました。それは実に知的刺激に満ちていましたよ。

プラトン　きみはずっとそこにいて、私とダレマコスとの対話をきいていたのだね、シミヨス。私はつい心配をしてしまうよ。私とダレマコスとの対話から、イデア論が正しく理解できるだろうかとね。だってあのダレマコスは、私の説くことの半分も理解していない対話相手なのだからね。

シミヨス　正直なところ、私にもイデア論のすべてが理解できるわけではありませんでした。だって、善なるものの理想を想起したというイデアとは、つまりはあらゆる問題を形而上学にしてしまうトリックのような気がするのです。つまり、簡単なことまでややこしく考える方法を、あなたは追求しているような気がしてなりません。おそらく、あなたはちょっとねばり強く考えすぎなんです。

プラトン　きみにそういう理解しかしてもらえなかったのは残念なことだ。きみがさっきから、すわっている私の膝《ひざ》の上にのっているのは少し変であるけど。つまり、こういうことのようだ。私ときみのこの対話は……

シミヨス　言いたいことはわかります。私たちの対話は、対話のイデアにはならなかったのです。しかしそれにしても、あなたちょっと対話がくどすぎますよ。

そう言ってシミヨスはへらへらと笑い、プラトンはムッとしたような顔をした。

(1)ソクラテスの弟子の中にテーバイのシミアスという男がいるが、シミヨスという者はいない。つまりこれはこの作者がほかの作品でもよくやる、カリカチュアにした自分を登場させてしまうというおふざけなのであろう。

(2)プラトンの父の名はアリストンといい、アテナイの名家の人だった。プラトンの年の離れた兄は、アデイマントスとグラウコンという。父も、二人の兄たちもプラトンがまだ幼い頃からソクラテスと親交があった。

(3)後期に書かれた『法律』と『エピノミス』にはソクラテスが出てこない。

(4)『ソクラテスの弁明』の中に、「またここには、アリストンの子のアデイマントスがいるが、これの弟が、そこにいるプラトンなのです」というソクラテスの発言がある。ただし、プラトンは何も発言していない。

(5)プラトンの著作の中でも最重要なもののひとつで、大作である。理想の国家は哲人が統治すべきであるという論や、善のイデアについて語り、哲学とは何か、にまで論考が広がっている。

(6)ただしもちろん『国家』の中にプラトンは出てこない。だが、プラトンの兄のアデイマントスとグラウコンは出てきて、ソクラテスの対話相手をつとめている。

(7)フィロは「愛する」の意、ソフィーは「知恵」。知を愛すると言って、哲学の意味なのだ。だから愛知県とは哲学県なのかと考える人がいるが、あの県名は、県内の中心の阿由知《あゆち》という地名が愛知に変化したものだ。愛知県人が特に哲学的ということはない。

(8)プラトンがアテナイの北西郊外にある公共体育場アカデメイアを利用する形で設立した学校。中断の時期もあったが九百年も存在した。教育機関の総称を意味する英語のアカデミーの語源である。

(9)真実在とか、存在の本来的なるもの、と説明されるが、要するに「善」とか「美」について考える時、実在はしない最上のものを頭の中に想定することはできるわけで、それがイデアである。イデア論はプラトン哲学の主軸をなす。なお、英語のアイデアは、イデアが語源である。

(10)「正義」や「節制」や「美」などのイデアを考えることができるが、それより最高の位置に、さまざまな「イデアのイデア」として「善のイデア」がある。これは人間の魂の究極目標だとプラトンは言う。

(11)時間、空間の感性形式をとる経験的現象として存在することなく、ただ理性的思惟《しい》、または独特な直観によってとらえられるとされる究極的なもの。わかりやすく言えば、抽象的なもの。無形のもの。

(12)自然一般であり、感性的にとらえられるもの。つまり、形をそなえているもの。

アリストテレスの論理が苦

1

現代のギリシアのテッサロニキという大都市の近くに、その昔ペラという街があった。ペラは、マケドニアの都として栄えていた。紀元前三五六年、そのペラで、マケドニア王フィリッポス二世の子、アレクサンドロスが生まれた。正確に言うとアレクサンドロス三世であり、成人して東征に成功してからはアレクサンドロス大王と呼ばれた。この名を英語で読んだのがアレキサンダーである。

しかし、この話は彼がまだ大王になる前、十五歳の王子だった頃のことである。後々大王となる者であっても、まだ十五歳では腕白な子供にすぎない。大人になって英才を見せる人でも、思春期の頃にはパッとしない鈍い子供だったという例がよくあるが、アレクサンドロスもそういう少年だった。勇気があり、戦ごっこが好きで、英雄に憧《あこが》れていたが、学問はどちらかというと苦手だった。

なのに今日はその苦手な学問をしなければならない日だったので、アレクサンドロスは気分が晴れなかった。

アレクサンドロスの父、フィリッポス二世が、息子が十三歳の時に家庭教師として雇い入れたのが、その時四十一歳だったアリストテレスだった。アレクサンドロスは年の近い数人の少年を学友(後々はアレクサンドロスの配下の将軍となる)として、アリストテレスの講義を受けているのだが、科学、医学、詩学などならまだしも、哲学、論理学の講義となると頭になーんにも入ってこず、ただ苦痛なだけだった。今日はその論理学の講義の日だ。

「それにしてもアレックス、アリストテレス先生は信じられないくらいに理屈っぽいよな」

と、学友の一人であるサール(1)が言った。アレックスというのはアレクサンドロスの略称である。

「そうだよ。言うことのすべてがむちゃくちゃ突きつめられた理屈で、きいていても何の話をしているのかわからないくらいだもんな」

「論理学なんか学んだって何の役にも立たないよ」

「まったくさ。どうでもいいようなことに理屈をこねまわし、意味不明の結論を出すばっかりで、生活とは関係ないんだ。論理学を学んでも、戦場でどんな戦い方をすれば勝てるのかわからないし、落馬しないように馬を操る技術もわからない。論理学なんてつまんないんだよ」

アレクサンドロスたちがそう言っているところへ、アリストテレスがやってきた。髪は巻き毛で、鼻の下とほおから顎《あご》にかけてたっぷりの髭《ひげ》をはやした逞《たくま》しい顔つきだ。むずかしいことを考えてばかりのひょろひょろの優男などではないのだ。

アリストテレスは石板の前に立つと、こう言った。

「では論理学の講義を始める。王子、席に着きなさい」

アレクサンドロスは席に着いた。

「まず、前回の講義でやった自然の事象の原因となる四つについて復習する。王子よ、事象の四つの原因が言えるかね」

アレクサンドロスは困った顔をした。前回そのようなことを学んだのはかすかに覚えていたが、その四つを記憶していなかったのだ。それどころか、その四つの意味がまったくわかっていなかった。

「えーと、まず形相因です」

「その意味は？」

「あの、それが何であるかということです。本質です」

「よろしい。では次は？」

「えとええと、ネコ因です。意味は、ネコかどうかということ」

「自然の事象をどうしてネコかどうかで分けるんだね。むちゃくちゃの考え方だ。じゃあイヌ因もあるのかね。サル因も。そう考えていくととても四つに分けるどころではなくなってしまう」

アリストテレスはがっかりしたようにそう言った。

「誰か、ほかの三つを言える者はいないかね」

すると、カツイエーン[2]という学友が、高々と手を挙げた。

「答えなさい」

「はい。あと三つは、質料因、始動因、目的因です」

「正しいね。ではその意味は？」

「まったくわかりません」

アリストテレス、ずっこける。

「ではもう一度説明しよう。質料因とは、何からできているか、だ。素材と言ってもいい。そして始動因は、運動変化をおこさせるものだ。次に、目的因は、何のためか、だよ。自然界のあらゆる事象はこの四つの原因によってそこにある。どんなものについてでも、それは何かときかれたら、この四つで考えれば答えが出る」

アレクサンドロスは頭をかかえてしまう。先生の言ってることがまるで理解できないのだ。こっそりと横を見ると、学友のサールも困惑の表情をしている。アレクサンドロスはサールのほうを見て、目くばせで、わかるか、ときいた。サールは首をブンブンと振って、わかんね、と伝えてきた。

しかしアリストテレスはお構いなしに話を続けた。熱中すると周囲が見えなくなってしまう気質なのだ。

「考えてみればすぐわかることだが、形相は常に素材と対をなしているもので、切り離すことはできないね。具体的に考えるならば、家という形相は、木材という素材から造られている。そこでこの形相を現実態と呼び、素材を可能態と呼べるだろう。たとえば素材としての木材は家の可能態であり、大工によって形相を与えられて現実の家となるだろう。ところで、自然物はそれとはちょっと違っている」

「アレックス」

とサールが小声で話しかけてきた。

「先生の言ってることって、なんか変じゃないか」

「めちゃめちゃ変だよ。家は木材で造るだけじゃなくて、石で造ることもあるじゃんか。てことは、素材としての石は家の可能態であるとも言えちゃう。それから、石で堅牢《けんろう》な城塞《じょうさい》を造ることだってあるだろ。だから、石は城塞の可能態かってことになるけど、城塞を造るのは大変だよ。何万人もの奴隷《どれい》を使って一年も二年もかけてやっとできるんだ。だから石は城塞の困難態だと言わなきゃいけないよなあ」

しかし、アリストテレスは教え子の私語など耳に届いておらず、事象の原因の話を夢中で続けるのだった。

「たとえば生物、もちろんその中には我々人間も入るのだが、木材のような他動的に家にされるものとは違って、その生物は運動変化の始原を自身のうちに持っているね。だから始動因は、形相因、目的因と一つに帰着するのだよ」

アレクサンドロスはついに大声でわめきだしてしまった。

「わー、わー、わー、何を言ってんだかさっぱりわからないよー。そんなことをごちゃごちゃ言って何の役に立つのかもわからない。先生はいったいぼくらに何を教えたいんですか」

「王子よ、私が教えているのが論理学なのは自明ではないかね。論理学とは、自然の理解のしかたを考える学問だ。だから正しく論理学的に考えれば、必ず自然の真理にたどりつけるのだよ」

「それは絶対にウソだと思います。先生のように正しく論理学的に考えていこうとしたら、まともな人間なら必ず頭がおかしくなってしまいますから」

アレクサンドロスは投げつけるようにそう言った。

2

また次の論理学の講義の日が来た。教室に入ったアリストテレスは、そこに集まっている教え子たちの姿を見て驚いた。アレクサンドロスも、その学友たちもすべて革製の甲冑《かっちゅう》を身につけ、その甲冑は泥まみれに汚れていたのだ。

「その格好はどうしたのです、王子」

とアリストテレスは言った。

「みんなで騎馬の戦闘をしたんです。本物の剣は使わずに木剣での戦いですけど、やられれば落馬して大怪我《おおけが》をするかもしれないという実戦さながらの戦闘で、素晴しい訓練になりました」

「若くて、体を動かしたくてたまらない年頃なんだね」

「そうですが、こういう訓練はぼくたちにとても重要なことなんです。なぜって、やがてぼくたちはこのマケドニアを背負って立つ戦士になるんだから。マケドニアを今よりもっと大国にして栄えさせるかどうかはぼくたちの戦い方如何《いかん》にかかわってきます。だから大いに体を鍛えておかねばならない」

「体を鍛えるのも大切だが、それと同じくらい、頭を鍛えなければならんのだよ」

「そうでしょうか。どうでもいいようなことを頭の中でぐちゃぐちゃ考えているよりも、馬に一鞭《ひとむち》入れ、剣を一閃《いっせん》させることのほうが国のためになると思うんですが。だから先生も、論理学なんかよりも、ぼくらにレスリングを教えてくれるべきです。先生は長らくアテナイにいたんでしょう」

「確かに、私は十七歳の時にアテナイに出てプラトンの弟子になり、プラトンが亡《な》くなるまでの二十年間をそこで過ごした(3)」

「アテナイならば大都市なので、レスリングの名勝負をいっぱい見たのでしょう。だからぼくらに教えることができるはずです。どうかレスリングを教えて下さい」

アリストテレスは力なく首を横に振った。

「プラトンが亡くなったあと、私は小アジア西岸北部のアッソスに出て暮らし、対岸のレスボス島に渡り二年ばかり過ごした。動物の研究に向いたところでね。そこで研究をしている時に、王子の父、フィリッポス二世から息子の家庭教師をしてくれないかと頼まれてここへ来たのだよ」

「父が先生の名を知っていたのは、なぜでしたっけ」

「それは、私の父が、フィリッポス二世の父上の侍医だったという縁があったからだ。だから私を呼んで、フィリッポス二世はこう言った。我が子アレクサンドロスに学問をつけてやってほしいとね。武術のトレーニングをしてくれとは頼まれていない。それにそもそも、武術のほうは王子は自主的に大いに訓練しているようではないかね。だから私が指導するのは学問なのだ。さあ、今日も論理学を学ぼう。今日は三段論法のおさらいだ」

「うへー」

とアレクサンドロスはげんなりした声を出した。構わずアリストテレスは講義を始める。

「前回教えた三段論法はこういうものだった。（1）すべてのMはPである。（2）すべてのSはMである。ならば、（3）すべてのSはPである。さて王子、このMやP

やSに事物をあてはめて、推論をひとつ作ってみたまえ」

　アレクサンドロスは軟らかい陶片にMとかPとかSとか記号を書いて、うんうんうなって考えて、頭をかきむしりながら言った。

「できました。えーとあの、（1）すべての人間は動物である。（2）すべての馬は動物である。ならば、（3）すべての人間は馬である」

　アリストテレスは首を横に振った。

「ダメだ。どうしてそんな推論が出てくるのだろうね。それは私の説く三段論法に正しくのっかっていないではないか。だから、すべての人間は馬であるというような、めちゃくちゃの結論が出てしまうのだ。（2）から（3）への展開に間違いがあるのだよ。誰かほかに、この推論を正しくできる者はいないかね」

　すると、学友の中のイヌチヨロス[4]という少年が、おずおずと手を挙げた。

「イヌチヨロス、答えてみたまえ」

「はい。あの、（1）すべての動物はフンをする。（2）すべての馬は動物である。ならば、（3）すべての馬はフンをする。どうでしょう」

「正しいよ。正しく三段論法を使っている。この三段論法は第一格第一式というものだ。では、第一格第二式の三段論法を教えよう」

アリストテレスの話をろくにきかず、アレクサンドロスはサールに小声でこんなことを言っていた。

「すべての馬がフンをすることぐらい、三段論法で考えなくたって知ってるよなあ。先生が言いたいのは、この世に便秘の馬はいないってことなのか」

アリストテレスは私語を無視して話を続ける。実を言うとアリストテレスはできの悪い教え子にうんざりしていて、わかろうがわかるまいがマイペースで講義すると決めているのだ。

「第一格第二式はこうだ。(1)すべてのMはPではなく、(2)すべてのSはMならば、(3)すべてのSはPではない。第一式と違って否定形が入っているわけだね。さあ王子、これに事物をあてはめてみたまえ」

「うわっ、またぼくですか。面倒だなあ」

それでもアレクサンドロスは陶片に何かを書きつけ、必死で考えた。

「わかりました。こういうことです。(1)すべての人間は臆病《おくびょう》ではなく、(2)すべてのマケドニア人は人間であれば、(3)すべてのマケドニア人は臆病ではない」

アリストテレスはやれやれ、という顔をした。

「王子はマケドニアの栄光のことばかり考えていて、そのために思考が乱れてしまうのだ。今王子のした推論は、論法の進め方そのものは間違っていない。しかし前提（1）の、すべての人間は臆病ではない、というのが事実ではないではないか。人間には臆病な者もいるのだからね。そのように、（1）が間違っているから、王子の願望であるらしい結論の（3）も間違っているのだよ。すべてのマケドニア人は臆病ではない、とは言えないのだ。今の論考を正しくするには、たとえばの話、王子の言った臆病を、豚に変えてみればいい。そうすると、（1）すべての人間は豚ではなく、（2）すべてのマケドニア人は人間ならば、（3）すべてのマケドニア人は豚ではない。ほら、これならば正しい推論だ」

「でも先生、すべてのマケドニア人が豚ではないことなんか、ぼくは知ってるんです。そんなのあたり前じゃないですか。ぼくが知りたいのはマケドニア人に勇気があるかどうかということです」

「それだって、正しく論理学を用いればわかることなのだ。だが王子は国の運命のこととなると、頭がカッカしてしまい落ちついた思考を失ってしまうのだ。だから判断を誤ってしまう」

するとアレクサンドロスは、不敵に笑ってこう言った。

「お言葉ですが、先生。ぼくにはそうではないと思えるんです。ぼくは、マケドニアを栄光の大国にしたいと願っていて、そのためにはどうすればいいのか、なんとなくわかりかけてきているのです。まだ自分に未熟なところがあることは認めますから、すべてわかっているとは言いませんが、少しずつわかってきているのです。ところが、そのことを論理学的に考えたとたん、何もわからなくなるんです。三段論法で戦術なんか考えたら、もう何もかもちんぷんかんぷんです。というわけで、残念ながらぼくにとって先生の論理学は、愚かになるための思考法なんです」

アリストテレスは悲しげな顔をした。彼もこの王子のことは決して嫌いではないのだ。

3

しかしアリストテレスは、辛抱強くこう言った。

「短気になってはいけない。論理的に正しければ、必ず正解にたどりつけるのだから。たとえばそうだね、こんな論法について考えてみよう。(1) すべてのMはPであり、(2) すべてのSはMではないのならば、(3) すべてのSはPではない。どうだね、これは第一格第二式によく似ているだろう」

アレクサンドロスは拳《こぶし》で自分の額をごつんと叩《たた》いた。

「本当だ。さっきの論理とそっくりですね。（1）と（2）の肯定と否定が逆になっているだけのように思える」

「この論理が正しいかどうか、MやPに事象をあてはめて考えてみたまえ」

「面倒臭いなあ。えーと、（1）すべての人間は動物であり、（2）すべての猿は人間ではない。すると（3）すべての猿は動物ではない。あれっ、変ですね。猿は動物ですよ。つまり、この論理は間違っているんですね」

「よく考えた。まさしくその通りなのだ。この推論は第一格第二式によく似ているが、正しくない推論なのだよ。なぜこの論法が正しくないのかを考えたまえ」

「そんなのたまんないよ。ある論理がなぜ正しいのかもわからないのに、別のある論理がなぜ正しくないのかわかるはずがないってものだよ。でも考えてみなきゃいけない。えーと、こういうことだ。（1）すべてのMはPではなく、（2）すべてのSはMならば、（3）すべてのSはPではない。これは正しいんだ。すべてのマケドニア人は豚ではないんだから。ところがこっちは違う。（1）すべてのMはPであり、（2）すべてのSはMではないのならば、（3）すべてのSはPではない。これは正しくないんだ。すべての猿は動物ではないになってしまうから。どうして違ってくるんだ。

（1）と（2）が逆になっているだけのように思えるのに。なぜだ、なぜだ、なぜだ。人間は猿じゃなくて、マケドニア人は人間で、豚はマケドニア人じゃなくて、マケドニア人もフンをする。うーん、わからない」

アレクサンドロスはついにギブアップした。

「ダメです。頭の中がごちゃごちゃになってしまってさっぱりわかりません。この二つの論法のうち、どうして一方は正しくて、どうしてもう一方は正しくないのかが理解できません。しかし、ぼくには全部わかってもいるんです。人間は豚ではないし、マケドニア人は人間だし、人間もフンをするんです、便秘の時以外は。それはくっきりとわかっているのに、どうして論理学でごちゃごちゃ考えなければならないのか、それがわからないのです」

アリストテレスは哀れむような目で自分の教え子を見た。

「残念だ。とても残念だよ」

「ええ、世の中は残念なことだらけなんです。そもそも、プラトンが死んだ時、どうして先生はアカデメイアの学頭となってアテナイで人々を教えずに、アッソスなんていう田舎へ引っこんだんです。それ、すっごく残念なことじゃないですか」

「プラトンが亡くなったあと、その跡を継いでアカデメイアの学頭となったのは、プラトンの甥《おい》のスペウシッポスだよ」

「それですよ、それ。先生もその時残念だったんです。それで田舎へ引っこんで動物の研究をしたんだ。そして、マケドニアに呼ばれると、バカな王子の家庭教師になった。それは、マケドニアが今、大いに栄えているからでしょう。そこにいれば、いつかアテナイに戻ってほしいと声がかかるかもしれないからでしょう。おかげでぼくは論理学漬けになってアホになってしまいそうで、この上なく残念なことですよ」

アリストテレスも王子のこの無礼な推測にはムッとしたが、なるべく顔色を変えずにいた。するとちょうどその時、アレクサンドロスの母オリュンピアスが教室に入ってきたので、その場の気まずい雰囲気はうやむやになったのだが。

「お勉強中のところをごめんなさい。私のアレックスが真面目《まじめ》に勉強しているのかどうかちょっと見てみたいと思いましてね。なにしろアレックスったら、ぼくはどうも論理学が苦手だ、なんて言いますものでね。弁論術や詩学は面白く思えるのだけれど、論理学にはついていけなくて苦労しているだなんて。でもアリストテレス先生、うちのアレックスをあまり追いつめないでいただきたいですわ。アレックスは将来、哲学者になりたいわけではなく、この国の王となって政治をし、時には戦争をするという人生を歩まなければならないんですの。論理学が苦手だとしても、そんなことは小さなことですわ」

オリュンピアスは息もつがずにまくしたて、アリストテレスも口をはさむことができなかった。そしてアレクサンドロスは、母さんがしゃべりだしたら誰も止められな⑤いんだということをよく知っていたので、話の内容には関心がないような顔をした。

「王にとって重要なのは、判断力と決断力ですわ。そして戦争に臨んだ時は、統率力と作戦力です。ですから論理学がよくわからなくても、まったく取るに足りないことなんですの。王には論理学なんて、ほとんど必要ないものですからね」

さすがにアリストテレスも、これには反論をしようとしたが、それより先に教室内にずかずかと入ってきた者がいた。それが、アレクサンドロスの父、フィリッポス二世だった。

「たまたま通りかかったら、あきれたたわ言が耳に入ってきたではないか。王たる者に論理学が不要だなどと、暴言もはなはだしい。王にこそ、明晰《めいせき》な思考力が求められ、論理学が必要なのだ。そういう頭脳があってこそ、名君たりうるのだから。私のそういう考えから、アリストテレス先生を招聘《しょうへい》して息子の教育をお願いしているのに、論理学が必要ないなどと浅はかなことを言うではない」

「私が浅はかだなんて、よくもその口でぬけぬけと言えますこと」

夫の出現でオリュンピアスの顔つきはガラリと変化した。激しやすい女性なのだ。アレクサンドロスはいやなものから目をそむけるように、両親のほうから視線をそらした。年頃のアレクサンドロスは、近頃両親の仲がぎくしゃくしていることに気がついていたのだ。

「浅はかではないか。わが息子に論理学が不要だなどと言いおって[6]」

「もし私が浅はかだとしたら、それは不実な夫を持っている点においてですわ。私という妻がありながら、ほかの女にうつつを抜かしている、そんな夫を持つ私は愚か。でも、よく考えてみれば、一番愚かなのはそんな身勝手な夫のほうではありませんか」

　フィリッポス二世は顔を真っ赤にして大声を出した。

「こんな場所でつまらぬことを言いだすでない。問題は息子の学問のことだ」

「つまらぬこととおっしゃるのね。あんなどうしようもない女にひっかかって、そっちに夢中で妻をないがしろにすることが、どうでもいいことだとでもお考えなのね。我慢できませんわ。きーっ、許せない。なにが王の論理学ですか。それよりも倫理学をもう少しおわかりになるべきよ。妻を大切にしない男が立派な王なのかどうか、倫理的にお考えになるべきですわ。ああ腹が立つ。るらららららーっ」

　アレクサンドロスは、びっくりして立ちつくしているアリストテレスの近くへ行き、さめた声でこう言った。

「先生、これには関らないほうがいいです。母がこうなってしまったらもう誰にも止められないのですから」

そこでアリストテレスはこっそりと教室を抜け出した。

4

フィリッポス二世は頭を悩ませた。だが、妻のオリュンピアスのことについてではない。あの神がかり的な激情の妻に対しては、もう完全に心が離れてしまっているのだ。彼が心配しているのは、息子のアレクサンドロスのことだった。論理学が頭に入らないという息子の将来が案じられるのだ。

あの子は、うつけなのか、と考えてしまう。一国の王となるにはふさわしからぬ、大うつけなのだろうか。

そんな王の心配をよそに、また教室では論理学の講義が始まろうとしていた。アリストテレスは、教室にやってきたアレクサンドロスを見て、ゲッ、と驚きの声を出した。

アレクサンドロスは異様な格好(7)をしていた。髪は紐《ひも》でしばって一つに束ねられている。ゆったりしたキトンを着て、下半身には獣の皮を巻いていた。そして荒縄で結んである。縄の先にはひょうたんがぶら下がっていた。

しかし、アリストテレスは教え子の服装に論評を下したりはしない。ただ論理学を教えればいいだけなのだ。

「さて今日は、カテゴリアイ(8)について講義をしよう。AはBである、という時のBにあたるのが述語だ。この述語は細かく分ければ十の、主なものとしては六つの範疇《はんちゅう》に分けられるのだよ。それがカテゴリアイだ。その六つを説明しよう」

「どうせとてつもなく奇妙な話でしょう」

とアレクサンドロスは言った。

「カテゴリアイとは、（１）実体、これはたとえば『人間』のようなもの。（２）は数量、これは『四フィート』のようなもの。（３）は性質、これは『白い』というようなこと。（４）は関係、これは『二倍』とか『半分』というようなこと。（５）は場所、これは『リュケイオンで(9)』というようなこと。（６）は時間、これは『昨日』のようなことだ」

「ほら、何の話だかよくわかんない」

「そして、それぞれのカテゴリアイが、種と類の関係の頂点として語られることがある。つまりカテゴリアイの中に上位と下位があるということだね。たとえば実体の中にも、アリストテレスとか、アレクサンドロスという実体があり、それを含んで人間という種があり、人間や馬や鳥という種を動物という類が含んでいるだろう。そして、動物と植物を生物という類が含み、生物と無生物を実体という最高の類が含んでいるのだよ。実体のあり方はそのように階層的なのだ」

「誰か今の話がわかった奴《やつ》はいるかい」

サールやカツイエーンは首を横に振った。

「さて、カテゴリアイのあり方はシンプルではない。たとえば『白い』は性質のカテゴリアイだが、『大きい』は、性質のカテゴリアイでもあると同時に、何か別のものと比べて大きいのだから、関係のカテゴリアイでもあるのだ。そのように、『徳』は性質でもあるのだが、『悪徳』の反対なのだから、関係のカテゴリアイでもある」

アレクサンドロスは口から出まかせをしゃべりだした。

「どんなものだって何かとは関係しているんだから、全部関係のカテゴリアイになってしまうじゃありませんか。我がマケドニアは、ギリシアと関係しているから関係のカテゴリアイですか。ギリシア世界は、ペルシア世界と関係しているから関係のカテゴリアイですか。ええい面倒臭い。だったらぼくがギリシアを平定し、ペルシアに攻め入って滅ぼし、すべてをマケドニアにしてみせましょう。そうすればマケドニアは関係的存在ではなくなりますから」

「王子はマケドニアの栄光のことばかり考えているのだね」

「ぼくはマケドニアのことだけを考えているわけではありません。たとえば、そう、両親のことだって考えています。ぼくは父とはあまりいい関係が結べていません。だが母とは、あの神がかり的な激しい情念を持った母とはいい関係にあります。しかしだからと言って、ぼくにとって父が実体というカテゴリアイで、母が関係というカテゴリアイだと考えるのはむちゃくちゃというものです」[10]

「私が見抜いているとおりのようだ。王子よ、本当はあなたには知恵があり、分別もある優秀な人物なのだ。その反論のしかたを見てもそれははっきりしている。それなのに、私の論理学だけは受けつけようとせぬ。それは知恵が足りなくて理解できないのではなく、論理的思考をするのを嫌っているからなのだ」

アレクサンドロスは師をまっすぐ見つめて言った。

「先生の論理学を嫌っているわけではありません。ただぼくには、ほかにもっと考えなきゃいけないことがあって、論理学に時間をとられるのが苦痛なのです。ですから、先生の論理学の講義はもう受けません。落第したわけです。そしてぼくは、ぼくの進みたい道を行く」

アリストテレスはしばし考え、やがてうなずいた。

「よかろう。王子よ、行きたい道を行くがよい。それで、私からの餞別《せんべつ》として、私が校訂したこの『イーリアス』という書をあげよう」

「それは、トロイ戦争で活躍した英雄アキレウスの物語ですね。それこそまさにぼくがほしかった本です(11)。先生、ありがとう。ぼくはアキレウスのような人間になり、マケドニアを強国にしていきます。それこそが我が人生」

ふいにアレクサンドロスは後ろを振り返ってこう叫んだ。

「サール、馬ひけーっ」

サールは、ははっ、と返事すると馬を用意しに走った。

教室の前に馬がつれてこられ、アレクサンドロスはそれに乗った。周りを囲むのは、サール、カツイエーン、イヌチヨロスらの家臣。

馬上のアレクサンドロスはこう言った。

「まずはギリシアを平定しよう。そして次に向かうは、ペルシア帝国の都、ペルセポリス。そのようにこの手で世界を統一してみせようぞ。その合言葉は」

そこで一呼吸おき、家来どもを見まわしてから、

「天下布武[12]！」

アリストテレスは何もかもあきらめた顔つきで、馬上の王子を見つめていた。

この五年後、フィリッポス二世が暗殺されて[13]、アレクサンドロスはマケドニアの王となる。

その時アリストテレスはマケドニアを出て、ギリシアのアテナイに戻った。そしてそこでリュケイオン[14]という学園を作り、多くの弟子を教育し、数々の著書を残すのである。

アレクサンドロスのほうは、敵対勢力を排除してマケドニアを掌握すると、混乱に陥っていた全ギリシアをまとめ、覇者となった。そして、紀元前三三四年に、マケドニア軍を率いてペルシア東征に出発したのだ。

その東征中に、各国で珍しい動物や植物が手に入ると、アレクサンドロスはそれをアリストテレスの研究用に送ったのだそうである。

そしてアリストテレスのほうも、アレクサンドロスの求めに応じて、『王道論』や『植民論』という論文を書き大王に送ったのだとか。

そういう交流がずっとあって、二人は互いを認めあう仲だったのだ。英雄アレクサ

ンドロス大王が、ついに理解できなかった偉大な哲学を打ち立てた人、それがアリストテレスであった。

(1)アレクサンドロスの学友だが、後の将軍の中にこの名前の人物はいない。著者の創作ということになる。
(2)この名前の人物もいない。著者は何かを狙《ねら》っているのかもしれない。
(3)アリストテレスがアテナイに赴いたのは紀元前三六七年である。この時プラトンは六十歳だった。そしてプラトンは前三四七年に八十歳で死去する。
(4)この名前の人物もいない。学友の名までは伝わっていないので著者が創作したと考えられる。
(5)アレクサンドロスの母オリュンピアスは、ヒステリー体質で感情の起伏が激しい女性だったと伝えられる。
(6)フィリッポス二世の女性問題が原因で、この夫婦は激しく対立していた。そのことは若きアレクサンドロスの悩みの種だった。
(7)これはちょっと異様すぎる。古代マケドニアでこんな格好をするであろうか。どうも著者が何か下らないことをたくらんでいるような気がする。
(8)英語で言えばカテゴリー。日本語なら範疇。アリストテレスのカテゴリー論は彼の哲学の基本となるものである。
(9)本当は、ここに「リュケイオンで」という言葉が出てくるのはおかしい。リュケイオンとは、アリストテレスが後にアテナイに作った学園の名で、この時はまだないからである。しかし、アリストテレスの著作の中では、場所をあらわすためにこの「リュケイオンで」と書かれているので、著者は勝手にそれを変えるのもおかしい、と考えたのであろう。

(10)アレクサンドロスは父よりも母を愛した。マザコンだったのでは、という説もある。

(11)アリストテレスが、アレクサンドロスに『イーリアス』を与えたのは事実。アレクサンドロスはその書から戦術や生き方を大いに学んだという。

(12)わーっ、そういうことか。なんというアホらしいなぞらえであろう。アレクサンドロスをいつの間にか織田信長にしているのだ。だから家来が、サール（秀吉）で、カツイエーン（柴田勝家）で、イヌチヨロス（前田利家＝犬千代）だったのだ。荒縄の帯にひょうたんがぶら下がっていて、うつけかと親が心配する。すべて、信長のイメージなのだ。まあ、信長が京をめざしたのと、アレクサンドロスが東征したのは、似ていると言えば似ているが、スケールがまるで違うのになあ。

(13)この暗殺を指図したのは、アレクサンドロスだという説もある。ちょっと乱暴な説だが。

(14)ほら、この学園はこの物語の時よりずっとあとに作られたのである。

デカルトのあきれた方法

1

それにしてもまあ、とんでもないことを考えたものである。ある幼年学校（小学校）の熱心な先生が、自分の生徒である子供たちを、高名な学者に会わせ、直接その教えを受けさせたら、子供たちの知性を向上させるのに非常に役立つであろうと考えたのだ。教育とは、先人が後ろを振り返って、まだものを知らぬ子供に、知っていることを教えることである、とこの先生は考えていた。だから、とりわけ優れた先人が子供を導いてくれたなら、この上なく質のいい教育になるであろうと。

この先生は自分に対しては謙虚だったので、私は普通の大人なので普通程度の教育を子供にしてやることはできるが、偉大な学者ではないのだから偉大な教育をしてやることはできない、と考えたのだ。そこで、どこかにいい先生はいないものか、と常々気にかけていた。

そうしたところ、先生はこんな情報を得たのだ。フランス人の大哲学者で、でもこのところずっとオランダに住んでいるルネ・デカルトが今、里帰りしていてパリにいる。

それは好都合だ、とこの先生は思った。この先生のことを仮にトンチンカン先生と呼ぶことにするが、トンチンカン先生はデカルトという名前を知っていたのだ。確か、とても高度な哲学の本の『方法なんちゃら』[1]というものを出していて、先生はその本を読んではいなかったが、有名だということは知っていた。有名な哲学の本を出して尊敬されている大学者が、たまたまパリに滞在しているとはなんという間のよさだろう、と先生は考えた。そこで、デカルト先生に子供たちを指導してもらおう、という考えにとりつかれたのだ。

トンチンカン先生は教育局に働きかけた。デカルト先生にしばしの時間をとってもらい、我が生徒たちとの面会をお願いできないだろうか、と申請したのだ。教育局の係員は、貴下の生徒たちは何歳ぐらいか、ときいてきた。トンチンカン先生は自分の教え子である二年生にこの体験をさせてやろうと考えていたので、七歳か八歳である、と答えたのだが、それを係員が勝手に十七歳か十八歳とききまちがえた。

そういう若者にこの国の偉人と対面させるのは意義あることかもしれないと教育局は考え、デカルトにそんな時間をとっていただけますでしょうかと打診した。するとデカルトは、人づきあいの悪い人ではなかったから、我が人生のうちのわずかの時間を、未来ある若い人にさし出すことをためらうものではない、という返事をした。デカルトも、若い人と言っている。面会するのは若者だろうと思い、まさか幼年学校の二年生と話をしなければならないとは思っていなかったのだ。

そういう次第で、デカルトと子供たちとの面会の日が来た。一六四四年の七月の某日である。この時デカルトは四十八歳だった。

場所は、パリ在住のある篤志家《とくしか》がデカルトに提供してくれている部屋で、重厚な造りで家具類にも趣があった。

トンチンカン先生は五人の生徒を選んで、デカルトが滞在している部屋を訪ねた。

そこには白い大きな衿《えり》のついた黒い服を着た、カールした髪が肩にかかっている、細い口髭《くちひげ》をはやし、ちょっとキョロリとした目のデカルトがいた。

「なんとまあ、お客とはこういう子たちだったのか」

とデカルトはびっくりしたような声を出した。引率の先生に続いて、五人の子供がおずおずと部屋に入ってきたからだ。

先生はデカルトに挨拶《あいさつ》をした。

「これはデカルト先生。本日は私の生徒たちのために貴重なお時間の一部をさいていただき、まことにありがとうございます。子供にとって幼い時に受けた知的感銘は一生を左右するほどに貴重なものです。ですから先生の『方法序説』のお話をきかせてやっていただきたいのです」

トンチンカン先生はデカルトの有名な著書が『方法序説』という題名だということだけは調べてきたのだ。だが、それを読んではいなかった。

デカルトは子供たちの顔を見ていった。右端の男の子は、やけに反抗的な目つきをしていた。

トンチンカン先生が紹介する。

「その子はアンリです」

次の男の子は、常にズルズルとハナをすすっていた。

「その子がシャルル」

もう一人の男の子はチビで、どことなく狡猾《こうかつ》そうな目をしていた。

「その子はクロードです」

女の子のうちの一人は、なんだか中年女のようなゆるんだ顔をしていた。

「その子はルイーズです」

最後の女の子は、金髪でいくらか可愛《かわい》らしかった。

「その子はジャンヌです」

デカルトはジャンヌという子の顔を見て、感に堪えない溜息《ためいき》をついた。それはその子が可愛らしかったからではなく、四年前に死んだ娘のフランシーヌ(2)のことを思い出してしまったからだった。しかし、デカルトは感傷を振り捨ててこう言った。

「この幼い子たちに私の『方法』を語らねばならんのか」

「たとえむずかしいお話でも、それに一度でも触れたことがあれば、子供なりに知的刺激を受けるものです」

と、トンチンカン先生は言った。

「いいでしょう。良識または理性と名づけられるものは、すべての人において生れつき相等しいのだから(3)。私の考えたことを子供相手になるべくわかりやすく話すことを試みてみよう。まずは、あらゆるものの存在が問題となる。そこにまさにあるように見えるものは、本当にあるのだろうか。それがちゃんとあると言える根拠は何なのか。そこから考えていくのが私の『哲学』であり、『方法』なのだ」

「なんの話をしてんのかわかんないや」

とシャルルがハナをすすりながら言った。

するとアンリがなまいきな口調で言った。

「話がいきなりすぎるんだよ。子供相手に急に哲学の話をしてもついていけないもん。普通なら、私は子供の頃どんなふうで、どうやって哲学に興味を持ち、哲学者になっていったか、なんてことを話してくれるものさ」

ルイーズはハラハラするようにこう言った。

「それは先生にちょっと失礼な言い方だわ」

デカルトは、ルイーズの発言で気分を直し、なるべく優しく言った。

「なるほど、私の少年時代の話か。それならばわかりやすい話だね。じゃあきこう。きみたちは何歳なんだね」

その答えをきくと、デカルトは話し始めた。

「きみたちと同じ年の頃、私はまだ学校に通っていなかったよ。というのは、母の血を受けついで、私はとても病弱だったのでね」

可愛らしいジャンヌが言った。

「お母さんは病気だったんですか」

「いや、私の母は私を産んですぐ、肺の病気で亡《な》くなったんだ。(4) 私はそれを受けついでいて、いつも空咳《からぜき》をし、青白い顔の子供だった。どの医者も私が二十歳まで生きることはないだろうと言ったよ。だから学校へ通えるはずもなくて、私がラ・フレーシュ学院(5)という学校に入ったのは十歳の時だった」

「じゃあ七歳の頃はぼくたちよりもものを知らずだったんだ」

とクロードが嬉《うれ》しそうに言った。

「読み書きは祖父に教わり、本は読んでいたからまるっきりのバカではなかったのだが、総合的な学習はしていなかったね。そして同じ年頃の友人もなかった」

デカルトは昔を偲《しの》ぶようにそう言った。

2

「そんなに体が弱くて、ちゃんと勉強はできたの。体育の授業は受けられないなんてふうじゃなかったの」

と、お母さんのような口調で言ったのはルイーズだった。

「その学院のね、学長は私の親戚《しんせき》だったんだ。だから病弱な私に特別のはからいとして個室をくれて、毎日そこで朝寝をしていていいことにしてくれたよ。だから私は毎日十一時頃まで寝ていられた」

「うへー。学校で寝ていていいなんて、極楽みたいな話だな」

とアンリが言った。

「実を言うとね、二十歳になった頃から私は健康な体になったんだが、その朝寝の習慣だけは今も続いているんだよ」

「じゃあ、今も毎日十一時まで寝ているんですか。すごいなまけものですね」

とジャンヌが言った。

「癖になっていてなおらないのだよ。でも、私は学校で、ちゃんと勉強はしたよ。みんなより遅く入学したのに、みんなと同じ十八歳で卒業できたんだからね」

「どんな科目が得意だったの。ぼくは体育しかダメだけど」

とシャルルが言った。

「学校で学んだことはどれも大切なことばかりだったけれど、私は特に数学が好きだったね」

それをきいてシャルルはうんざりしたような顔をした。デカルトは話を続ける。

「数学って、とてもすっきりしていて、理屈がきれいに通っているじゃないか。私は座標の美しさに魅せられ、すべての学問を数学に統一できないか、というようなことを考えていたよ」

「それで、何がきっかけで哲学者になったんですか」

とジャンヌがきくと、その子がなんとなく亡くなった娘フランシーヌに似ていたので、デカルトは優しい顔で答えた。

「ラ・フレーシュ学院を卒業したあと、私はポアチエ大学に入学して法学を学んだよ。それは実は、そのほうが貴族になる道につながるという父親の意向に従ってのことだったんだがね。でもとにかく、二十歳で法学の学士号をとったよ。それで、その頃には病弱だった私もすっかり健康になってね、剣術の修行をしたくらいだ」

「哲学の先生なのに、剣術ができるの？」

と、アンリがびっくりしたような声を出した。

「私はある女性をめぐってライバルから剣で打ちかかられたことがあるけれど、相手からその剣を奪って投げ返してやったよ。それで『剣術』(6)という論文を書いたこともあるんだ」

とそこで、しびれを切らしたようにトンチンカン先生が口をはさんだ。

「デカルト先生。学生時代の話はそれくらいにして、そろそろ哲学の、つまりその

『方法序説』のお話をしていただきたいのですが」

デカルトは余裕の笑みを見せて、まあそうあわてなさんな、という調子で答えた。

「その話はちゃんとする予定ですが、その前に、私がその哲学をうち立てるに至った経緯を説明しなければ話がつながらないのですよ。さて、大学を出た私はこう考えた。書物による学問は十分にやったから、これからは世界を知る学問をしようとね。そこで私はオランダに行って志願兵として軍隊に入ったよ」

「兵隊さんになったの？」

とクロードが言い、シャルルがこう続けた。

「実際に戦争を体験したの？」

「いや、実戦はしなかった。オランダとスペインが八十年戦争をしていたんだが、私がオランダ軍にいたのはちょうどその休戦期間中だったんだ。だから実戦はしなかったけど、私はそこで数学者のベークマン(7)と知りあって影響を受けた。数学と自然学とを統合しようというベークマンの意見には大きな刺激を受けたものだ」

「数学と自然学じゃぜんぜん違うじゃん」

とアンリ。

「そもそも数学が好きだなんて、まともな人間じゃないよ」

とシャルル。

「いや、数学はとても美しいものだよ。私とベークマンは共同で、慣性運動や、自由落下の理論を研究し、数学で表したんだ。この研究はかのガリレオのものよりも早いんだよ」

(8)

トンチンカン先生がまた口をはさんだ。

「数学のお話は大変けっこうなのですが、そろそろ哲学の話に入っていただかないと、この子たちは幼いのであきてしまいます」

「もう少しで、その話になりますよ。さて私は一六一九年、二十三歳の時に、ドイツに行って軍隊に入った。その前年に三十年戦争が始まっていたからだよ。しかしこの時も実戦は体験せず、ドナウ河畔のある公国の村で冬を越すことになった。そして忘れもしない、十一月十日の夜、霊感に満ちた予言的な夢を三つ続けて見たんだ。まずひとつめの夢は、亡霊に脅かされたり、渦巻きの中に巻き込まれてきりきりまいさせられる夢だった。二つめの夢は、電光の一撃をくらい、我に返ると部屋の中が光に包まれている夢。そして三つめの夢は、ある辞典が現われ、そこにローマの詩人アウソニウスの『私は生のいかなる途《みち》にしたがうべきか』という詩句が見えた。この三つの夢を見た私は悟ったのだ。もう実世界を見る学習はしなくてもいい。これからは自分

(9)

の頭であらゆることを考えよう、とね」

そこまで話して、デカルトはちょっと顔をしかめた。そして苦しそうにこう言った。

「すまないが、ここでちょっと時間をもらうよ。すぐ戻ってくるから待っていてくれたまえ」

そう言うとデカルトは急ぎ足で部屋を出ていった。子供たちはざわざわと私語をした。

「デカルト先生どこへ行っちゃったんだろう」

「夢を見て人生が変るなんてことあるのかしら」

「さっきの夢の意味ぜんぜんわかんないよ」

「ぼく、夢の中でおしっこしたら、本当におねしょしちゃったことあるよ」

「もしかしたらデカルト先生、おまるのある部屋[10]へ行ったのかな」

「哲学の話をしようとしていて、おまるが使いたくなるなんてことあるかしら」

そんなふうにざわざわしているところへ、デカルトは青い顔をしてふらーりと戻ってきた。

「待たせてすまなかった。さて話を続けようか」

そう言いながらデカルトは服のポケットから、干したブルーベリーを出してそれを二つほど口に入れた。

それを見たアンリが言った。

「干したブルーベリーは下痢にきくんだってうちのママが言ってた」

するとルイーズが、心配性のお母さんのような口調で言った。

「あらまあ、先生ったらお腹《なか》の具合が悪いのね。それはきっと、物事を深く考えすぎて神経をすり減らしているからだわ」

デカルトは苦笑して、体調がよくないことを話した。

「そうなんだ。どうも腹の調子がよくなくてね。でも、今はなんとかおさまっている」

しかし、お母さん気分になってしまったルイーズのおしゃまな発言を止めることはできなかった。

「先生ったら、子供の頃と違って今はもう健康になったって言ってるけど、本当は今も病弱なんじゃありません？　無理をしてはいけませんわ」

「いや、もう大丈夫だよ。さっきの続きを話すことにしよう」

でも、デカルトの顔色は悪かった。

3

「私が暗示的な夢を見て、これからはすべて自分の頭で考えようと思ったところへ話を戻そう。そういう決意をした私は軍を除隊して、ひたすら考える生活を始めた。イタリアを旅行してみたり、パリに住んだりして、とにかく考え続けたんだよ。そして、光の屈折を解明したりした」

「デカルト先生、何の話をしてんのか、なんもわかんないんだけど」

とシャルルが不平そうに言った。

「哲学の話がちっとも出てこないんですもの」

とジャンヌが言った。

「哲学は頭の中で考えてすることだよ。私はずっとずっと考え続けたんだ。三十二歳の時にオランダに移り住んだのは、考えをまとめるために一人になりたかったからだよ」

そこでトンチンカン先生が言った。

「どうかデカルト先生。子供たちによくわかるように、具体的な例を出して話して下さいませんか。たとえば、『方法序説』を読めば風邪をひかずにすむ方法がわかるとか、甘いリンゴとすっぱいリンゴを見分けられるとか、そういった、哲学の生活への効能のお話でございます」

「私の『方法序説』を読んでも、リンゴの味のことはわからないよ。ただわかるのは、リンゴが本当にあるのかないのかだ。一見そこにあるように見えているリンゴが、実は確かにあるとは言えず、存在を証明することはできないのだ、ということを私は考えたのだからね。リンゴに限らず、すべてのものの存在を疑ってみることが哲学の入口なのだよ」

「そこに見えていてもリンゴはないの？」

とルイーズ。

「すべてのものがないってことは、この部屋もないの？」

だがそこで、デカルトは「ちょっとごめん」と言って急ぎ足で部屋を出て行った。

子供たちは大先生が苦しい顔で用を足しに走っていったのを見て、楽しそうに笑った。

心配そうな顔をしたのはルイーズだけだった。

しばらくして部屋に戻ってきたデカルトは、今度もまた干したブルーベリーを二つ食べた。

「デカルト先生って、今でも子供の時と同じで体が弱いんでしょう。無理をしてはいけませんわ」

とルイーズが言った。

「そうだよ。ちょっと目が落ち窪《くぼ》んでいるもの」

と言ったのはクロード。

「いやいや、今日はたまたまお腹の具合がよくないのだが、それを別にすれば私はおおむね健康だよ。若い頃には決闘をして勝ったことだってあるんだ。あれはいつのことかと言うと」

そこでトンチンカン先生はたまらず口をはさんだ。

「デカルト先生、決闘の話はこの子たちにとってひとつも有益ではありませんし、むしろ思考力を鈍らせてしまうものです。だから、哲学の話をして下さい。そのための方法とは何なのか、という話を」

「そうしようと思っていたところですよ。さて、みんな、いいかな。私はオランダに引きこもって、ひたすらに自分の頭で考え、『宇宙論』[11]という論文を書いた。つまり、この世界はどうなっているのかを論じたものだよ。ところが、私がそれを刊行しようと思っていた前年に、みんなは知っているかな、ガリレオ・ガリレイという天文学者が、宗教裁判で有罪になってしまったんだ。それを知って私は『宇宙論』を出版することを中止したんだよ。だって私のその論文では、ガリレオと同じように地動説を当然の真理だとしていたからね。これを出版すれば、私も裁判にかけられ、有罪にされてしまうと思ったのだ」

「あのですね、出版しなかった本のことはどうでもよくて、出版した本の話をお願いします」

トンチンカン先生の声は少し苛立《いらだ》っていた。ここまでひとつも子供たちのためになる話が出てきていないのでイライラしたのかもしれない。

「ではそうしましょう。一六三七年で、四十一歳の時だったが、私は『方法序説』を出版した。本当はこれは三つの論文につけた序論のようなもので、題名ももっと長いんだがね。(12)とにかくここには、私のものの考え方が書いてある」

「やっと『方法序説』が出てきましたか。さあその内容を、えいやっと、七歳の子供でもわかるように教えて下さい」

「そんなことができるかどうか心もとないのだが、とにかく試みてみよう。私は『方法序説』の中で、私の考える方法、つまり世界を正しく見る方法をつきつめている。そこで、その考え方の方法は、四つの規則から成り立っているので、まずそれを説明しよう」

デカルトの言葉には力がこもってきた。哲学者に哲学のことを語らせれば、たとえ相手が子供であっても熱中してしまうものなのだ。

「規則の第一は、私が明証的に真であると認めるのでなければ、どんなものも真として受け入れないことだ。すなわち、注意深く速断と偏見を避けること。そして私の精神にきわめて明晰《めいせき》かつ判明に示され、疑いを容《い》れる余地のまったくないもの以外は、私の判断の中に取り入れないこと。このことをわかりやすく言えば、すべてのものを疑ってかかれ、ということだ。そこで、規則の第二はこうだ」

「あの、ちょっと話の展開が急すぎはしませんか。ややこしい話を畳みかけられてもこの子たちにはついていけないのですが」

とトンチンカン先生は話に割って入ったが、自分の方法について語りだしてしまったデカルトを止めることはできなかった。

「考え方の四つの規則については、まず始めに並べて示しておくのがいいのだよ。その内容はそんなにむずかしくはないのだから。規則の第二はこうだ。私が吟味する諸問題のおのおのを、できる限り多くの、しかも問題をよりよく解くために必要なだけの小部分に分けること。これはわかりやすいだろう。大きな問題は小さく分けて考える、ということだよ。そして規則の三は、私の思想を順序にしたがって導くことだ。つまり、最も単純で認識しやすいものから始めて、少しずつ階段を踏むようにのぼっていき、最後に最も複雑なものの認識にいたること。わかるね。易しいことから順番に考えていけってことだよ。そして第四の規則はこうだ。最後に、私が何も見落とさなかったと確信できるほど、完全な枚挙と全般的な見直しを全体にわたって行うこと。何も見落としてないかよーくチェックしろということだよ。この四つが私の考え方の方法なんだ」

「何を言ってんのかひとつもわかんないや」

とシャルルが、ついにハナをツーッとたらして言った。

「もっとわかるように言ってよ」

とクロードも言った。

「先生、もしかしたら熱があるんじゃないの。今しゃべったことはみんなうわ言でしょう」

とルイーズは言った。

「むずかしいことはひとつも言ってないじゃないか。絶対に確かなこと以外はすべて疑え。問題を細かく分けろ。小さいことから順に考えていけ。そして細心のチェックをしろ、と言っているだけだよ。そのぐらい用心深く考えていかなきゃ、我々はついつい常識のワナにはまってしまうのだからね。たとえば、ここに机があるように見えているね。でも、見えるからあると思ってはいけないんだ。見えたって実は存在しないかもしれないのだから」

「ものが見えるのは、あるからでしょう」

とアンリは言った。

「そうとは限らないよ。たとえばきみたちは夢を見ることがあるだろう。夢の中に机が出てくることもある。でもその机は、見えるかのように思えるけど、実は存在していないじゃないか。だとしたら、今ここに見える机も夢の中の机かもしれない。夢とか、錯覚とかが現にあるのだから、見えるものが絶対にあるとは言えないんだよ」

デカルトは熱心にそう言った。子供たちはみんな、ポカンとした顔をしていた。

4

そこで、ジャンヌはこんなことを言った。

「でもデカルト先生。そんなふうにすべてのものについて、実際にあるってことを疑っていったら、生活できなくなっちゃうのではないですか。たとえば目の前にお料理があったとしても、これは本当には存在してないんだ、と考えちゃうんでしょう。これは料理のように見えるが、実は粘土細工かもしれないとか。そう疑って食べないのでは、お腹がすいてしまうじゃありませんか」

するとクロードがこんなふうに茶化した。

「下痢してるから食べないほうがいいんだよ」

デカルトは亡き娘に似たジャンヌの顔を見て答えた。

「日常生活のことは、また別なんだよ。私だって、食べ物があることを疑って、食べないで飢え死にしちゃうということはないよ。ちゃんと食べるし、おいしいものがおいしいことは認める。そうやって生きていくこととは別に、哲学するわけだ。哲学とは、ただ頭の中の考えだけで、存在とは何か、私は存在しているのか、神は存在しているのかなどを突きつめていくことで、それを考えるためにはすべてを疑えと言っているんだ。見える、触れる、きこえる、なんてことからそのものが存在すると考えるのでは、錯覚ってものがある以上、とても不確かだからね。だからすべてのものが絶対にあるとは言えなくなると、哲学的に結論づけるんだよ」

「哲学って、考え方のゲームなのかな」

とアンリがなかなか鋭いことを言った。

「ゲームというよりは、絶対の真理に近づこうとする努力、と考えるべきだが、ちょっとゲーム的なところがあることは否定できないね。さてさて、私はそのようにして、あらゆることを疑ってかかることから出発した。どんなものだって、絶対にあるとは言えないというのが私の考えの出発点だ。そこで私はこう考えてみることにした。えと、えと、あの、そこで私が考えついたのは非常に重要なことなのだが、すまないが、それを話す前にちょっと時間をもらうよ。行きたいところがあって」

デカルトは青い顔をして額から冷汗を流していた。

「急いでおまるのある部屋へ行ってらっしゃい」

とルイーズが言い、デカルトは走って部屋を出ていった。

「笑っちゃうよなあ。哲学の大先生が、実は下痢ピー先生なんだもん」

クロードはそう言ってクスクス笑った。トンチンカン先生は、困ったような顔でこう言った。

「デカルト先生の体調が悪くて、今日はまとまったタメになる話がきけないかもしれないね」

ルイーズは自信たっぷりの顔でこう言った。

「あんなこむずかしいことばかり考えているから、消化が悪くなって下痢をしてしまうのだわ。あの屁理屈《へりくつ》をやめさせなきゃダメよ」

そんなことを言ってるところへ、デカルトは戻ってきた。顔色が元に戻っている。

「話がとぎれてごめん。いちばん重要なところだったのにね。では、さっきの話を続けよう。私はあらゆるものが本当にあるってことを疑ったんだね。何かが存在している、というのは確実ではないんだ。だが、そうやってすべての存在を否定しても、ひとつだけ確かにあるものがあるだろう。すべてを疑って考えている時、絶対にあるのは何だろう」

「きかれていることの意味もわかんないや」

とシャルルは、たれていたハナをすすりあげて言った。

「すべてのものの存在を私は疑い否定した。だがその時、私のその疑いはまぎれもなくあるじゃないか。存在を疑っている私の考えはちゃんとそこに存在しているだろう」

「ちゃんと意味のあることを言っている気がしないわ」

とジャンヌが言った。

「下痢ウンチが脳にまわっているんだよ」

「どうしてわからんのだね。まったくもって明らかな事実じゃないか」

とクロード。

デカルトは興奮して大声を出した。

「たとえば太陽を見る。太陽はあるのか、と考えてみる。あるように見えるけど、実は夢なのかもしれない。ポカポカと暖かいのは錯覚かもしれない。だから太陽が絶対にあるとは言えない。そんなふうに、すべてのものの存在は否定されるじゃないか。だがその時、ひとつだけ絶対に存在しているものがある。それは太陽の存在を疑うという私の考えだ。その考えがあることは否定のしようがない。だから、こう言えるのだ。どんなにすべてを疑っても、どうしても否定できないのは、その疑いが存在しているってことだ。その私の考えは、絶対にある。これを言いかえれば、我考える故《ゆえ》に我あり、ということになる。私の考え方の規則の第一の、私が明証的に真であると認める以外は、どんなものも真として受け入れない、というやつですべての存在を否定していっても、そう考えているという事実は絶対にあるのであり、そう考えている私が存在していることは疑いようがないではないか」

「そんなこと考えなくても先生は存在してますよ」

とアンリが言った。

「存在してるから下痢するんだもん」

とシャルル。

「お前は存在してるからハナをたらすんだよな」

とクロード。

「私は、下痢やハナたらしによって存在しているのではない。考えているという事実によって、その存在が証明できるのだ[13]。それが、我考える故に我ありであり、ラテン語で言うと、コギト・エルゴ・スムだ。このコギト・エルゴ・スムこそが、私の考えの結論なんだよ。とにかく、私が存在していることは証明できたんだ」

「何を言ってるのかさっぱりわかんない」

「考えてることが病気っぽいよ」

「私はひねくれ屋さんのうっとうしい考え方は好きじゃないわ」

「もっと日光を浴びて健康的に考えなきゃダメなのよ。そんなのは病人の考え方」

子供たちは口々にそう言った。トンチンカン先生はうろたえまくってしまい、泣きそうな声を出すのだった。

「デカルト先生。こう言ってはなんですが、あなたの考え方の、その方法は、普通の人間にとってまともなものではございません。あまりにもヘンテコなので、幼い子供たちの思考を曇らせてしまいかねませんぞ」

するとデカルトは顔を真っ赤にしてこう言った。

「わからせてあげます。何度でも説明しましょう。よく考えれば納得できることなんですから。だが、だがその前にちょっと失礼」

「早く、早く走っておまるのところへ」

とルイーズはお母さんのように言った。

そして、デカルトがいなくなると、アンリはこう言った。

「これ以上あの先生の話をきいてもどうにもならないから、もう帰りませんか」

トンチンカン先生も力なくうなずいた。

「どうもそのようだね。もう帰ってしまおう」

というわけで、トンチンカン先生と五人の子供たちはその部屋をおいとますることにした。すると去りぎわに、クロードが皮肉っぽくこう言った。

「確かなのは、あの先生、我下痢ピー故に我ありってことだよ」

「日光によく当たって病気を治さなきゃ」

とルイーズは確信的に決めつけた。

(1)これはもちろん『方法序説』である。その題名を正確に知らないことから、この先生が二流の人物であることがわかる。

(2)デカルトは生涯妻帯しなかったが、オランダで女中だったヘレナという女性との間に娘フランシーヌを得た。そのフランシーヌが五歳で死んだ時、彼は悲嘆に暮れ「涙と悲しみは女性のものだけではない」と言った。そしてヘレナとも別れた。

(3)この一文は、『方法序説』の巻頭すぐのところにあるものと同じである。つまり自分で理性は誰にでも平等にある、と言ってしまっているので、子供の相手をすることが断れなかったのだ。

(4)デカルトはそう信じていたのだが、デカルトの母は彼が一歳になってすぐ、彼の弟を産んだあと亡くなったのである。この弟は生まれて三日で死んだので、デカルトは弟のことを知らされておらず、母は自分を産んですぐ死んだのだと信じていた。つまり、幼少の頃はちょっとアホだったのかもしれない。

(5)この学校は、一六〇四年にフランス国王アンリ四世によって創設され、反宗教改革のカトリック教団イエズス会によって運営されていた。現代流に言えば中高一貫の寄宿学校で、名門だった。

(6)この論文は散逸していて残ってはいない。二部からなっていて、いろいろな条件のもとでどう闘うのがいいか書かれていたという。

(7)ベークマンはデカルトと知りあった時三十歳で、フランスのカーン大学で医学博士号を取ったばかりだった。ほとんど独力で自然学と数学を結合しようとしていた天才である。

(8)デカルトの考えた自由落下の理論は実は少し間違っていた。ベークマンのそれは正しかったが、彼はそれを日記にだけ書いて生前は刊行しなかったので、この法則の発見の栄誉はガリレオのものとなったのだそうだ。

(9)この夢のことは、その後失われた『オリンピカ』という手記に記されている。この三つの夢は結局のところ、デカルトに新しい学問を樹立させる勇気を与えたと言われている。

(10)当時のフランスにトイレというものはなかった。おまるで用を足し、中味は庭などにぶちまけていたのである。

(11)この論文は『世界論』と呼ばれることもある。デカルトの死後公表された。ここからもわかるように、デカルトは科学的な学者だったのである。

(12)この書は正しくは『方法序説および三つの試論（屈折光学・気象学・幾何学）』というもので、『方法序説』の部分には「理性を正しく導き、もろもろの学問において真理を求めるための方法についての序説」というサブタイトルがついている。

(13)どうしてこれをラテン語で言わなきゃいけないのか不明なのだが、コギト・エルゴ・スムは非常に有名である。ちょっと哲学をかじった人なら必ず、「デカルトのコギトはさあ」などとわかったように言うのでムカツク。しかし、現代哲学につながるとても重要な理論なのだそうだ。こういう言い方をするとこの話の作者もあまりよくわかっているわけでないということがバレてしまうな。失敗、失敗。

ルソーの風変りな契約

1

大袈裟《おおげさ》に盛りあがる音楽。過剰なデザインのタイトル・バック。ＭＣ(1)のグラン・コート氏が観衆に両手を広げるポーズで登場。

「今週も『本人さんよ、出てこいや！』の時間がやってきました。この世はわからないことだらけ。古い昔のことは特になんにもわからない。アレクサンドロスは実の父を殺したのか。シーザーはなぜルビコン川を渡ったのか。アッチラはなぜローマを攻めずに引き返したのか。そんなことは本人を呼び出して直接きけばいい。そうです、それができる世の中になったんだから、本人にきくのがいちばんてっとり早いのです。それを実際にやってしまうのがこの『本人さんよ、出てこいや！』ショー。さて今夜呼び出して、わからないことのすべてをきく相手は、あのフランスの思想家にして文学者、あれほど世の中を動かした人物はいないという、ジャン・ジャック・ルソー!!」

コート氏は両手を高くさしあげた。

ステージの中央に、透明な球体があった。直径二メートルほどのその球体は、ガラス玉のように硬質な感じはしなくて、むしろ透明な風船という印象のものだった。

突然、その球体の中に人物が出現した。ブロンドの巻き毛のかつらが房々とした、長いジャケットを着た人物だ。ハーフ丈のズボンをはき、長靴下をはいていた。

観客ははっとして息をのみ、次の瞬間に力強い拍手をした。いつも、ゲストの出現の時にはみんな息をのんでしまうのだ。

「十八世紀最大の思想家にして、謎《なぞ》に包まれた偉人、ジャン・ジャック・ルソー氏です。さあそれでは、今夜ルソー氏に質問をしてくれるユベール大学教授にして、ルソー研究の第一人者、なおかつ、そのねばり強い思考法がうるさいほどだと噂《うわさ》されている今週の質問者、フルバッタ・ニンザ氏(2)に登場いただきましょう」

ニンザ氏、下手から登場。こちらはその時代の服装をして、ややよろめきながら、ふらふらと中央へ進む。観客に一礼。

「いかがですか、ニンザさん。今宵あなたが研究しているルソーと直接の対話ができるわけですが、心が騒いでいらっしゃいますか」

　するとニンザ氏はもごもごと口ごもるように答えた。

「ええ、まあ、その、私が長年かけて研究してきた人と対面できるのですから、そりゃあもう言うまでもなく感激なんですが、感激のあまり平常心を失いかけているというのも事実でして、実はゆうべは一睡もできなかったんです、はい」

「そうでしょうとも。著名な歴史上の人物の、まさに本人と対話できるのですからね。平静でいられないのが当然です。なんにしろ、ルソーは謎の多い人ですからね」

「ええ、そりゃ、もちろんその通りです。ルソーは謎だらけで、矛盾のかたまりです。彼の仕事の内容と彼の生活との間にはほとんど脈絡がありませんからねえ。どう理解すればいいのか、ただもうとまどうばかりですよ。まるっきりお手上げです。だから私は今日、直接その人に会うことができて、実に、この上ないほどに、ワクワクしているんです」

「それでは早速対決していただきましょう。ニンザさん、こちらの対話者席にどうぞ」

　ニンザ氏が透明の球体の前に進んで、その中にいるルソーと向きあうように立った。

　すると透明の球体は風船がふくらむように見る見る大きくなって、ニンザ氏をもその中にのみこんだ。そうなって初めてルソーは眼前に人物が現れたのに気づき、驚いて一歩後退した。

そこで、球体の中にすわり心地のよさそうな椅子《いす》が二個向きあって現れた。ニンザ氏は穏やかな声で言った。

「とりあえず、すわりませんか」

二人は椅子に掛けて向きあった。

「ここはどこで、あなたは誰なのだろうか」

ルソーは警戒気味にそう言った。

「ここは不思議な空間です。それ以上にはわかろうとしないほうがいいでしょう。あー、わかりようもないことも世の中にはあるんですから。それで、私はつまらない研究者です、はい」

「研究者だって、何を研究しているのかな」

「それが、つまりその、あなたのことを研究しているんです。あなたはジャン・ジャック・ルソーという思想家ですよね。私はそのルソーのことをずっと研究してきているんです。要するにあなたのことを理解しようとしている人間です、はい」

「私を理解するだって。ということはつまり私をおとしいれようとしている悪意だということだね。どんな人間も、私の上《うわ》っ面《つら》を見ては、穢《けが》らわしい二流の人間だと決めつけて非難しようとするのだから」

「はい、はい、出ましたね。あなたは他人をまず疑ってかかるんですよ。こいつは自分の敵に違いない、親しげに近づいてくるのは、自分の欠点や誤りを見つけだして非難するためなんだ。違いますか。あなたはいつだってそんなふうに疑って、他人を敵視してしまうんです。あー、それがあなたの対人関係をいつも壊してしまうんです。あなたほど人間を信じない人も珍しい。そうじゃありませんか」

ルソーは吐きすてるように言った。

「信じられない人間ばかりだからだよ。婦人たちのほとんどは、私を軽蔑《けいべつ》し、笑うために私に接近してくる。そして男たちは、私を罠《わな》にかけ、悪党にしたてあげ、非難するのだ。そういうしうちに私はどれだけ苦しめられたかしれない」

「複雑な人間性ですよねえ。あー、つまりあなたは、とてつもない優越感と、ものすごい劣等感を同時に持っているんですよ、はい。すべての人間が自分にひれ伏して当然だという思いと、誰も私を認めず、むしろ蔑《さげす》んでいるという思いこみが両方ともにあって、結局のところすべてを敵にまわしてしまう。矛盾ですよねえ。あなたは本当は尊敬されたいんでしょう。あー、なのにあなたは、だからこそ人を疑うのですよ。しかしそれだけじゃない。あなたの生き方は一から十まで矛盾の中にあります」

「行動と思想との間に矛盾があるのは、決して珍しいことではないよ。だからこそ人はいろいろと思い悩むのさ」

「しかしですね、私にはどうしても理解できないことが山ほどあるんですよ。ちょっとすみません、たとえばその中の、いちばんわかりやすい謎を指摘してみますがね、あなたは子供をどう教育するのが理想的かという内容の『エミール』を書いていて、生まれてから五歳までは何よりも母の愛によって育てなければならないとしています。とても説得力があり、受け入れやすい内容です。しかし、その『エミール』(3)を書いたあなたが、自分の子を五人も、生まれるとすぐ孤児院に入れているのはなぜなんでしょう。あなたは自分の子供をすべて捨ててしまったんですよ、はい」

ルソーは動揺をあらわにして言った。

「それについては、私は後に反省をし、自分の誤りであったことを認めている。子供が生まれた頃、私にはそれを育てていく余裕がなかったのだ。だから、当時の多くの貧しい人がしたのと同じことをしただけだ。でも、あとになってそれが誤りであったことを認めている」

「ああどうも、あー、いきなり核心を衝《つ》くことをきいてしまい、私も性急すぎたかもしれません。あなたの反省については、私はよく知っています。あなたは史上初の自叙伝(4)とでも言うべき『告白』を書いていて、私はそれを何度読み返したか数えきれないほどなんですからね。あー、それなのに、私にはあなたがよく理解できないんです。あわてるのはやめにして、わずらわしいかもしれませんがあなたの人生をひとつひとつ振り返っていきましょう。そこからあなたの人生の矛盾の原因がわかってくるかもしれませんからね。いいですか」

2

ニンザ氏は、犯人を追いつめていく刑事のように話を進めた。

「あー、まずひとつ確認しておきたいのは、あなた自身がまるで孤児のような育ち方をしたということです。いや、それは正確な言い方ではないかもしれない。厳密に言えば、生まれた時は孤児ではなかった。あなたは、一七一二年六月二十八日に、ジュネーブで、時計職人イザック・ルソーの次男として生まれたんです。母はシュザンヌ・ベルナールです。しかしその母は、あなたを産んでから九日目に亡《な》くなった。だから母親代りに育ててくれたのは父の妹のシュザンヌ・ルソーだったのですが、実の母と同名のこの叔母のシュザンヌは、あなたに音楽への興味を植えつけた以外は何の影響も与えていない。ここまではいいですね」

「すべて私が『告白』に書いていることをなぞっているだけだ」

「その通りです。ですが、こうした生いたちからは、その人間の根本の人格を読み取ることができるような気がするんですよ。だからもう少し続けさせて下さい。五歳ぐらいからあなたは母親の残していた本を読みあさるようになり、初めのうちはラブロマンスなどを読んでいたんですが、ほかに本を貸してくれるところもでき、幅広く思想書まで読むようになった。そうですね？　だからその頃のあなたは、世間的なことは何も知らない子供なのに、人間についてはすべて知っているような気がしたものです。つまりまあ、世間知らずなのにおませな子供だった。あー、ごめんなさい。これはあなた自身が書いていらっしゃることなので、お気を悪くはなさらないだろうと思うんですが」

「もってまわったうっとうしい話し方をする男だよ、きみは。もっとすっきりと話せないものかね」

「あー、これは痛いところを衝かれました。確かに私、話し方がねちねちとしているとよく言われるんです。どうかお許し下さい。さて、話を進めましょう。十歳になった時、あなたの身に大きな変化がおこります。いやまったく、人生の荒波にもまれたってやつですよ。というのは、あなたの父のイザックが、つまらない喧嘩沙汰《けんかざた》で刀を抜いて、逮捕状が出てしまったんです。そこで、あなたの父は逃亡しました。あなたと、七歳年上の兄のフランソワを置き去りにしてです。これによって、あなたは本当に孤児になってしまいました。兄のフランソワは奉公に出て、それ以後二度と会うことがありませんでした。あなたは母方の叔父の家に引きとられましたが、すぐに、いとこのアブラハムとともに、ある牧師[5]の家にやられました。うーん、これはどういうことなんでしょう。口減らしのために教会で修行をしたということなんでしょうか」

「神の慈悲によって養ってもらったということさ。孤児院に入ったようなものだよ」

「なるほど。で、あなたはそこで二年ばかり世話になったんですが、そこでひとつ興味深い体験をしていますね。というのは、牧師の妹[6]から教育を受けたことです」

ルソーはうんざりしたような顔をした。

「きみが私の『告白』をよく読んでいることだけは認めるよ」

「もちろん、自分のことなんだから、あなたはその時体験したことをよく知っていらっしゃる。だから他人からきかされるなんて、うんざりでしょうが、でも、言わせて下さい。あー、実に奇妙な、なおかつ興味深い体験だものですから。あなたが世話になっていた牧師には、四十歳ぐらいで独身の妹がいた。そしてこの妹が、あなたに躾《しつけ》をしたのです。その女性は母のような愛であなたを包んでくれたのですが、あなたが悪いことをすると平手で叩《たた》いた。そうですよね」

「そうだ」

「そして、叩かれることは苦痛だったし、恥かしかったけれど、あなたはその平手打ちの中に、肉欲の気配を感じとってもいた。だから、とても恥かしくて屈辱的なことなのに、また叩かれたい、という欲望もどこかでわきおこってしまうのです。なんというねじくれた欲望でしょう。いやなことなのに、味わってみたいという不思議です。ですが、あなたという人のわかりにくさは、結局ここが出発点ではないのか、という気が私にはするんですよ。あなたは、世の人々は私を嫌っているだろうと考えた時に、ちゃんと自分の居場所にいるような落ちつきを得られるという、ものすごくヘンな人間なんです。違っていますか」

「自分の人生を告白する文章を私は発表しているんだよ。どう解釈されても構わんという覚悟はできている」

「素晴しいです。心が広くていらっしゃる。ではついでに、もうひとつ解釈させて下さい。あなたはその牧師の家で、自分がしてはいないことをあなたのせいにされ、ひどく叱《しか》られましたね」

「それもあの中に書いたよ」

「ええ、それを読んだから知っているんです。こういうことでしたよね。牧師の妹が大切にしていた櫛《くし》の片側の歯がすっかり折れてしまったんです。そしてそれについてあなたには身に覚えがまったくなかったのに、犯人だとされ、きびしい折檻《せっかん》を受けた」

「もう五十五年もたっているのに、思い出すと今でも憤《いきどお》りで震えだすほどだよ」

「そうでしょうね。それはよくわかります。しかし、その体験こそが複雑なあなた、ジャン・ジャック・ルソーという人間を作ったのではないだろうか、という気が私にはするんですよ。その、つまりこういうことです。あなたは無実の罪で折檻を受けて、こういうことこそが人生というものなんだ、と思ったんじゃないでしょうか。つまり、もともと自分にはなんの非もないのに、社会は私に罪を押しつけてくるものなんだ、という恨みです。別の言い方をしてみましょう。あなたは無実の罪を着せられて罰されたことで、世の人々は私のことを嫌っているんだ、まずそれが何よりの出発点なんだ、というような憎しみの人生観を持ってしまったのではないでしょうか。あー、つまりそれこそが、こういう言い方は棘《とげ》があると思われるかもしれませんが、孤児の思想というものなのかなと、私にはそんな気がしてならないんです、ええ」

「私の書いたものを読んで、どういう感想を持とうがそれは、読んだ者の自由だが」

ルソーはほんの少し苦々しげな顔をしてそう言った。

「あー、お許しいただけるのならば、もう少し想像をふくらましてみます。あなたはだんだんと、どうせ人々は自分を嫌うのだから、表面だけ合わせていればいいんだ、と考える少年になっていったのではないでしょうか。そこで、表面上は行儀のいい上品な子のようなふりをして人に好かれるようにした。あなたの『告白』を読んで驚くのは、実に多くの美しい婦人たちに可愛《かわい》がられ、いろいろと世話になっていることです。あなたは女性がつい何かと助けてやりたくなるような感じのいい少年だったのですよ、はい」

「それが私の孤児根性から出ているというのかね」

「あ、いや、そんなふうに断定した言い方はちょっとひどすぎますが、ま、そこにあなたの世渡り術があったのかと、ちょっと思うわけです。あ、しかし、それだけではありません。あなたという人は、もう少し複雑なんです。そういう愛したくなる少年であると同時に、あなたはバレない時には悪いことをするのを恥じなかったのでは。つまり、見抜かれないのなら嘘《うそ》を言うのです。誰も見てないのなら物を盗むんです。どうせそもそも他人から嫌われてしまうのなら、少しは悪事を働いたって構わない、なんて考えたんではないでしょうか」

ニンザ氏は一気にそこまで言いきった。

3

ルソーは自分のことをどう評されても顔色を変えなかった。どのようにでも考えてくれと言わんばかりに。そのため、『本人さんよ、出てこいや！』ショーとしては異例の進行になってしまうのだった。質問者がいて、本人がその質問に答えていくのではなく、ニンザ氏が一方的に問いを投げかけ、本人はそのすべてを認めるかのように黙っているだけなのだ。

しかし、ニンザ氏の指摘することがかなり意外だったので、観客が退屈することはなかったのだが。

「あー、ごめんなさい、話を少し先に進めますが、あなたが牧師のところにいたのは二年ばかりで、そのあとあなたはアベル・デュコマンという彫金師のところへ徒弟奉公にやられました。(7)しかしそこからは三年後に逃げだして、ある夫人の世話になります。夫と別居して教会の世話になっているヴァラン夫人(8)がその人で、あなたは一目見てその夫人のとりこになった。まだ十六歳だったあなたは、十三歳年上のその美人の魅力にのぼせあがると同時に、母親に対する思慕のようなものも抱いたのですね、あー、違っているでしょうか」

「ヴァラン夫人はとにかく私にとって特別な人だったよ」

とルソーは平然と認めた。

「その夫人もあなたのことを気に入ってくれて、あなたをトリノの救護院へ送り、カトリックに改宗させました。(9)それで、このヴァラン夫人とあなたの仲は、ひとまず別れたり、また再会したりと、人生の中で何回も接近と別離をくり返すのですが、その話は先送りさせて下さい。まだ少年と言うべきあなたは、その頃から人を頼っては放浪する生き方をするようになり、ある時は音楽家の弟子になって聖歌隊に入ったり、またある時は豊かな夫人の秘書のような仕事をしたりしましたね。(10)まったく落ちつかない、根なし草のような生活です。こう言っては失礼かもしれませんが、孤児が裕福な婦人を頼っては渡り歩いているような生き方ですよねえ」

「それしか生き方がなかったのさ」

「そしてそんな生活の中で、あなたはバレさえしなければ悪いことをした。秘書をしていた夫人が病気で亡くなった時ですが、あなたはその遺品の中からバラ色と銀色のリボンを盗みました。その頃好きだった料理女のマリオンにそれをやりたかったからです。ところが、リボンをあなたが持っていることはすぐに見つかり、盗んだのか、と追及された。するとどうでしょう、あなたはそれをマリオンからもらったのだと嘘をついたのです。結局、マリオンがそれを盗んだのだということにされ、彼女はクビになりましたね。あなたはそういうインチキ野郎なんです」

「彼女がそれからどうなったのかを私は知らない。だが、そのことを今でも気にしているよ」

「その頃のあなたは、ちょっとしたペテン師ですよね。あー、これはあなたが『告白』の中ですべて明らかにしていることなんですから怒らないでほしいのですが。あなたは、自分はパリの作曲家だと称して、音楽教師をしたこともありますね。実は楽譜を読むことができなかったのに(11)。それから、ギリシア人のペテン師の坊さんの手下になり、義援金を集める仕事を手伝ったこともある。もっともこのペテンはすぐにバレましたが。いや、もっとむちゃなことをあなたはしている。化学なんてろくにわかりもしないのに化学者ぶって、感応インクを作ろうとして爆発事故をおこし、瀕死《ひんし》の重傷を負ったのです。まったくもう、なんという生き方でしょう。この事故のせいであなたは六週間も目が見えなかったんですからね。そのほかにもあなたは、尿閉症、てんかん、難聴など、いろんな病気を抱えてヨレヨレでしたが、この頃のあなたの生活を一言で言えば、小悪党が御婦人がたに可愛がられて、うろちょろしては悪事を重ねる、という具合ではありませんか」

「まさしくそうさ。私は一人で生きていかなければならなかったからね。そういう生活をしながら、私は農民たちが重税に苦しめられ、みじめな生活をしているのを見ていたんだ。生きるということはなぜこんなに厳しいんだろうと、そんなことばかり考えていた」

「でもそのあなたをですね、まともな目で見れば、ついていけないような変人と言うしかないのですよ。世の中はどうせ私につらくあたるのだから、ごまかして生きてみせる、とまあ、そんな考えだったのでしょうかねえ。えーと、私はここであなたの女性関係について考えてみたいと思っているのですが、あんなにもすべてを『告白』なさっているあなたなんですから、その話題は困る、なんてことはないんですよねえ、はい」

「どんな話でもするがいいさ」

「あなたの女性関係といえば、ヴァラン夫人のことを抜きに考えることはできません。ヴァラン夫人とあなたは、ある時期はいっしょに住み、ある時期は離れて住むというふうでしたが、あなたが書いていることを信じる限り、すぐに男女の仲になったわけではないんですよね。あー、それよりは親子の愛のようなもので結ばれていたというわけです。あなたは夫人のことを『ママン』と呼び、夫人はあなたを『プチ（坊や）』と呼んでいたという仲です。ところが、あなたが二十歳になった頃、とりまきの婦人のうちのラール夫人があなたに色仕掛けで迫り、誘惑したのですよね。そしてあなたはそのことを包み隠さずヴァラン夫人に告白しました。そうしたらなんと、夫人はそういう誘惑からは自分が守ってやらなければならないと考え、あなたを男にする役を自分がすることにしたんですよね。そして、八日後に男女の仲になりましょう、と言った。あなたはとまどい、うろたえもしたが、とにかく二人は結ばれた。なのにあなたは喜ぶというよりも、奇妙な違和感を抱き、まるで近親相姦《そうかん》をしたような気持ちになった、と書いていらっしゃる。いやいや、実にヘンテコな仲の二人ですよ、ねえ、そうじゃありませんか」

ルソーは答えなかった。

「さてその数年後のことです。ヴァラン夫人はあなた以外の青年と恋仲になりました。あなたはそのことで苦しんだが、夫人の幸せを願って自分から引き下がったのですよね。そして夫人が幸せであるようにと、それだけを考えた。さてそんな時に、妻ではない妻、というヘンテコなものを持つのです。あなたはある宿で働いていたテレーズという女に目をとめた。内気で、素朴な、しかも気どりのない娘でした。貧乏なので自分が働いて両親を養っているのでした。あなたはそのテレーズに親切にした。テレーズは文字は読めるが書けず、数字がわからず、時計が読めないという無学さでした。でもあなたは、それでいいと思ったのです。少くとも孤独を癒《いや》してくれる相手だということで、あなたは彼女に、『決して捨てもしないが、結婚もしない』という条件を出していっしょになった。だから、妻ではない妻、というわけです。あー、おかしな話ですよねえ。あなたは、結局のところひとりで生きているのです。だから妻などいらなくて、必要のために、それに近い孤独を癒してくれるだけの相手を求めるんですよ。そして子供が生まれたって、あなたはひとりなのであって子の親なんかではない。だから次々に、なんと五人も、孤児院にやってしまうのです。孤児である自分が人の親であるなんておかしいからです。そんなふうにあなたは、いくらか周囲からちやほやされながらも、誰も信じることなく孤独に生きていたんですよ。テレーズのことを周りの人には妹だと言っていました。テレーズの母が頼ってくれれば養ってもやりました。だが、それでもあなたはひとりで生きていたのです」

ニンザ氏は自信たっぷりにそう決めつけた。

4

しかし、ニンザ氏の追及はそれで終りではなかった。むしろ、ここからが本題だとばかりに、氏は話を続けた。

「あー、どうでもいいことを長々と話しているなあ、なんて思っていらっしゃるのでしょうねえ。そうです、ここまではあなたを理解しようとする上での、単なる前置きにすぎませんものねえ。私の話がくどすぎることをお許し下さい。えー、それでこのあたりからいよいよ核心へ入っていきたいわけですが、つまりその、あなたの思想についてです。あなたは、相変らず次から次に他人の世話になるというような生活をしていて、パリへ出てみたり、ヴェネツィアへ行ったりして年齢を重ねていきました。実りのない片思いなんてものもあったりしてですが。それで、一七四九年というから、あなたが三十七歳の時ですが、まったく偶然に、『メルキュール・ド・フランス』という雑誌を見ていて、そこにアカデミー協会が、懸賞論文を募集しているのを目にしました。論文のテーマは、『学問と芸術の復興は習俗を腐敗させたか、もしくは習俗をよくしたか』というものでした」

「そうだったとも。よく覚えている」

そう言ってルソーは落ちつきなく椅子の上で尻《しり》をもぞもぞさせた。この対話にあきてきたのかもしれないが、ニンザ氏はそのことに気がつかなかった。

「そうでしょうね。あなたはそれを見た瞬間に、いきなり大きなショックを受け、身動きすらできなくなり、近くの木の下に三十分もうずくまっていたというのですから。あなた自身がその時のことを、『これを読んだ瞬間、私は他の世界を見た。そして、私は他の人間になってしまった』と書いていますものね。三十分うずくまっていたあなたが我に返ると、服の前が涙でびしょびしょに濡《ぬ》れていた、というほどの感情の爆発だったのでしょう。つまり、その瞬間に、あなたの思想が生まれたのです。あなたは一瞬にして思想家になったというわけです」

「そうだよ。私にはわかったのだ。ついに私の思想はまとまった。それを一言で言えば『自然に還《かえ》れ!』だ」

ルソーは興奮してそう叫び、椅子から立ちあがった。

ニンザ氏はそんなことにはお構いなく、自分の発言に夢中になっていた。

「おかしな言い方をすることをお許し願います。ついにあなたの孤児の思想が完成したんですよね。それはつまり、こういうことです。あなたは自然のままの人間、という言い方をしていますが、もともとの人間という意味です。そのもともとの人間は、才能もあり、幸福になる力も持っている。孤児のあなただってです。ところが、学問とか、文化とか、芸術というものは社会性というものの中にあって、それが自然な人間を不幸にしていくのだと、あなたにはわかったんです。もともとのあなたを、社会が嫌うのはそのせいだったんです。農民だって幸福になる権利を持っているのに、税金に苦しめられているのは社会というもののせいなのです。そんなふうな、自然な人間と社会の対立がついにあなたには見えた。そこで、あなたは、芸術と学問の発展が魂の堕落と腐敗とをもたらす、という内容の『学問芸術論』(12)を書きあげました。そして、アカデミーに出してみたところ一等に入選したんですよねえ」

「そのことに文句があるかね。この私が、小悪党で、ふしだらで、悪癖もいっぱいあるまま、偉人になったのだ。そのことに文句をつけるのかね」

そう言いながらルソーは、ズボンの前ひもをほどきはじめた。

「どうしてズボンのひもをほどいているんです。やめて下さい。変に興奮する必要はありません。あなたの偉大さは世間が認めたんです。思想家ジャン・ジャック・ルソーが誕生しました。自然のままの人間と、社会は対立している、という考えが生まれたんです」

「『自然に還れ！』だよ。ああ偉大なる『自然に還れ！』」

ニンザ氏は話を続けた。

「同じ雑誌が数年後に募集した懸賞論文のテーマは『人間の不平等の起源は何か』というものでしたね。それに対してあなたは、『人間不平等起源論』(13)を書いて応募した。それは一等にはなりませんでしたが、後に出版され大変な評判になりましたね。あの論文の、最も重要な部分にはこういうことが書いてあります。大昔、人間が自然のままに生きていた頃には、人間の間に不平等はなかった。だが、ある時、地面に杭《くい》を打ちこみ、そこに縄を張って四角く区切り、『この区切りの中はおれの土地だ』と言った者が出た時に、人間の不平等が生まれたのだと。つまり同じなんですよ。自然のままならば人間は幸福なのに、権力者とか、王とかが出現して、社会が生まれた時に不幸が始まるのです。それがあなたの思想なんです」

「自然のままならば人間は幸福なのだ。だからこうすればいいのさ」

と言うとルソーはズボンをずり下げ、真っ白い尻をペロンと出した。(14)

「おやめなさい。ここは密室ではなく、人が見ているんです」

ニンザ氏は立ってルソーのところへ行き、ズボンを直させた。

「まともな話を続けましょう。それからのあなたについてです。あなたは知識人として有名になり、百科全書派のディドロやダランベール[15]、思想家のヴォルテール[16]などと知りあいになっていきました。ついに、才能にみあった居場所にたどりついたのです。そして、小説を発表した。男女の間に恋愛と友情の両方が成立することは可能なんだろうか、というテーマの書簡体小説で、『新エロイーズ』[17]という題名のものです。この小説が大ベストセラーになって、あなたの名は巨大なものとなりました。主人公のマネをして自殺する青年が出るほどの人気小説だったんです。すると次にあなたは、教育論を小説にしたようなものを書きました。『エミール』[18]という本ですが、そこであなたが主張していることは、例の、自然な人間と社会の対立という思想です。つまり、もともと価値を持っている人間の自然性を、なるべく抑圧しないように、自然のままに成長させてやることがよい教育というもので、社会によるねじまげから救ってやるのが教育の目的だ、というような思想です。あなたの言うことは実に見事に一貫しているのです。そして、『エミール』と同時期にあの代表作、『社会契約論』[19]が書かれます。これこそがあの、あなたの疑問のひとつである、農民はなぜ重税に苦しめられなければならないか、への解答です。これは、もともと平等な人間が、より大きな幸せのために契約して国家を作っているのだ、という思想に基づく著作でした。国家との契約は守らなければならない、という主張ですから、自由主義や個人主義とは別の物です。まだそこまでのことは言えなかった。でも、国家も、国王の存在も、平等な人間の契約によってあるだけだ、という思想は画期的なものでしたよ。国王の権力は神に授けられているんだ、とする王権神授説に、まっこうから対立する考え方ですものねえ。この『社会契約論』によって、後にフランス革命がおきたんだ、と主張する人さえいるほどです。本当のところはどうも、フランス革命がおきてみて、あなたの『社会契約論』がもう一度評価された、といったところが本当のようですけど」

ルソーは不思議そうな顔をした。フランス革命はルソーの死後十二年目のことなので、それについては何も知らないのだ。

ニンザ氏は話を続けた。

「そのように成功したあなたはもう孤独ではなかったのでしょうか。いやいや、孤児の精神を持つあなたは、どうなろうが本質的にひとりだったんですよねえ。あなたはどうしても他人を敵視してしまうんです。友人たちや仲間たち、というのも社会だから、自然のままの個人と対立する、と考えるのでしょうかねえ。あなたは、ディドロとも、ヴォルテールとも絶交してしまう。あなたの『エミール』がフランスの高等法院で有害な書とされ、あなたに逮捕状が出た時、イギリスのヒューム(20)が救いの手をさしのべてくれて、イギリスに脱出できたのですが、あなたはすぐにそのヒュームも敵だと考えて絶交しました。つまりあなたにとって、自分以外はすべて敵なんですね。そういう考え方は晩年になるほど強くなっていき、あなたは最後までひとりだったんです。ああ、ひとつだけ例外がありました。妻ではない妻のテレーズのことです。あなたは五十六歳の時、テレーズと正式に結婚して妻にしました。おそらく、自分の死を看取《みと》る人がほしかったんでしょうね。そしてその十年後に、あなたはテレーズ一人に看取られて亡くなったのです。それが孤独な思想家の最期《さいご》でした、はい」

「私が死んでも私のこの、自然のままの尻はのこる」

と言ってルソーはまたズボンをずり下げて尻を出した。そして、これを見よとばかりに尻をペンペンと叩いた。

ニンザ氏がルソーのズボンをずり上げようとし、二人はもつれあって倒れ、ズボンをめぐって上げる下げるの泥仕合を続けた。

「偉大な思想家なのに、人前で尻を見せるなんておやめなさい」

とニンザ氏は疲れきって、悲鳴のような声を出した。

と、そこでステージ上に、MCのグラン・コート氏が再登場して、観衆にこう言った。

「さあ、二人の紹介のための対話はここまでです。さていよいよ、二人に今日の対決をしてもらいましょう。その対決とは、土鍋《どなべ》に入っている熱《あ》っつ熱《あ》つの鍋焼きうどんを、どちらが速く食べ終えるか、です。ものすごい対決と言っていいでしょう」

透明の球体の中、床で組みあってハアハア息をついている二人の間にテーブルが出現した。そしてそのテーブルの上には、煮えたぎる鍋焼きうどんの入った土鍋が二つのっていて、さかんに湯気を立てていた。

さあ、はたしてルソーは、ニンザ氏より速くそれを食べることができるのだろうか。

観衆は固唾《かたず》をのんで見守った。

(1)マスター・オブ・セレモニーの略。つまり総合司会者。

(2)この名前ですぐに気がつく人は少ないだろうが、やがてこの人がしゃべりだせば、そのしゃべり方で誰をモデルにしているのかわかるであろう。作者は、あの有名な刑事ドラマから、キャラクターを借りているのである。あーアホらし。

(3)有名な事実である。もっとも、一七四五年にはパリで三三三四人の捨て子があったのだそうで、捨て子は決して珍しいことではなかった。

(4)それ以前にも自伝や、回想録のようなものはあったが、それは自分の人生の一部を飾って書いたようなもので、自分の暗部までをすべて「告白」したものではなかった。

(5)ボセーという街のランベルシェという牧師である。

(6)ガブリエル・ランベルシェ嬢（一六八三―一七五三）である。

(7)この彫金師は当時まだ二十歳で、結婚したばかりであり、とても弟子を教育する余裕などなかった。彼はただ弟子に横暴だっただけだった。
(8)ルイーズ・エレオノール・ド・ヴァラン（一六九九―一七六二）である。十四歳で貴族のヴァラン氏と結婚したが、不和のため別居して、サルディーニャの王に保護を求め、年金をもらっていた。非常に美しい女性だったようである。
(9)十六歳でカトリックに改宗したわけだが、後に四十二歳の時、ジュネーブでプロテスタントに改宗する。生まれ故郷のジュネーブではそっちのほうが主流だったからである。
(10)ヴェルセリス伯爵《はくしゃく》夫人。この人は乳癌《にゅうがん》で亡くなった。
(11)後にルソーは新しい楽譜の書き方を考案して、それで一山当てようとするが、ものの見事に失敗する。
(12)一七五〇年か、翌年早々に刊行された。
(13)一七五五年に刊行された。
(14)ルソーには露出癖があり、よく人前でも尻を出してしまった、と伝えられている。
(15)ともに百科全書派で、当時百科全書を編集していた。そしてその中に、ルソーの原稿も採用してくれた。
(16)フランスの啓蒙《けいもう》思想家。一六九四―一七七八。主著は『カンディード』。
(17)一七六一年刊行。大成功。
(18)一七六二年刊行。エミールという少年を〈私〉が理想的に教育するという話。だが、刊行後一カ月で高等法院は『エミール』の焚書《ふんしょ》、およびルソーの逮捕を決定。
(19)一七六二年刊行。この書も一度は発行を禁止されている。
(20)イギリスの哲学者。一七一一―一七七六。ルソーに親切にするが、絶交されてとまどう。しかし後には、あれは病気のせいなんだと理解した。

カントの几帳面《きちょうめん》な批判

1

大きく遅れる者はいなくて、定刻通りにうまく全員が顔を揃《そろ》えた。男のほうの人集めをした黒田修平《くろだしゅうへい》と、女のほうを揃えた水野紗希《みずのさき》はともにホッとしたような顔をした。

「じゃあとりあえずなんか飲み物を頼むけど何がいい？」

と修平がみんなの希望をきき、まずは生ビールでいいと話をまとめた。紗希のほうは、おつまみを適当に並べましょうと世話を焼き、焼き鳥と枝豆あたりを並べましょうかと提案したが、誰かがもつ煮を希望してそれも加わった。テーブルの上にそれらが並ぶまでは、たまたま隣にすわった人とさぐりあうような会話をしていた。まだ座は乱れていない。

酒とつまみが揃ったところで、修平が音頭をとって乾杯と声を揃える。男が四人、女が四人の合コンだ。初対面の男女が交互にすわっていた。

「おれたちは一応高校の同窓生ってとこ。今の仕事とかはバラバラなんだけど」

と修平が言うと、紗希は、「こっちのメンバーは説明しにくいな。大学以来の仲間もいるし、その誰かの知り合いとかも混じっていて」と、アトランダムな四人であることを説明した。

「じゃあ、簡単に自己紹介しとこうよ。えーと、名前と職業と特技とかでいいから」

と修平は言い、まず自分から始めた。

「おれは、黒田修平、二十五歳。大西商事に勤務してて、特技はサーフィン」

修平がそう始めたので、皆も年齢を言うことになった。

そういうすわり方をしているので、男女が交互に自己紹介していくことになった。

水野紗希は二十四歳。ちはや銀行に勤めており、特技は友だち作り。

加山裕貴《かやまゆうき》、二十五歳は広告代理店勤務、特技はギター。

淡路《あわじ》はるかは二十五歳で、デザイン事務所勤務。特技は料理。

そこでテーブルの反対側に移って、修平の前にすわっているのが女の岸本真利《きしもとまり》。二十六歳でアパレルメーカーに勤務している。特技はなんにもないけど、部屋の模様替えとかよくします、とのこと。

荒川壮太《あらかわそうた》、二十五歳は酒屋をしている家を手伝っているそうで、特技はバイク。

戸田縁衣《とだえにい》は二十三歳で、紗希と同じ銀行に勤務。特技はケーキ作り。

最後になった男は、柔和な笑みを浮かべて静かな声で言った。

「ぼくは、官藤伊丸《かんとういまる》といいます。みんなと同じ二十五歳。隅田《すみだ》大学で非常勤講師をしていて、特技は特にないんですが、まあ、整理整頓《せいとん》でしょうか」

すると、リーダー格の修平がとりなすように言った。

「えと、官藤くんはあまりこういう場に慣れてないんだ。大学に勤務だかんね。でも、やっぱ四対四で人数合ってるほうがいいと思ってさ」

すると加山裕貴が続けた。

「伊丸は変人ですけど、狂暴ではありませんから」

官藤伊丸は気を悪くするふうでもなく、

「ぼくは員数合わせのようです」

と言った。

すると、伊丸の隣の戸田縁衣は、人を仲間外れにしてはいけない、という思いやりの強い女性だったので、あえて親しげに伊丸に話しかけた。

「大学で先生をしてるんですか」

「非常勤講師にすぎません」

「でも先生でしょう。何を教えているんですか」

「西洋哲学史です」

「わっ、むずかしそう」

もっとも、この時にはもう、みんな思い思いに周辺の人と会話を始めており、伊丸と縁衣の会話はその中に埋もれていた。

裕貴が紗希に、

「銀行の仕事って毎日何時頃に終るんですか」

ときき、壮太が割って入って、

「仕事の話なんかきいてんじゃねえよ」

と注意するような、わいわい状態になっていたのである。

「淡路さんはデザイナーなんですか。それともイラストレイター？」

「私はデザイン事務所の事務員。でも、たまに手伝わされるから罫《けい》ぐらいは引けますけどね」

「私がいちばん年上なんだ。この頃だんだんそういうこと多くなってきたんだけど」

「や、岸本さん若いですよ。こっちより年下かなと思ったもの」

そういう会話がめいめいに交される中で、戸田縁衣は官藤伊丸との会話をとりあえず続けた。これは、伊丸が縁衣の兄とどこかしら似たタイプだったので、話しやすかったのかもしれない。

「特技が整理整頓だって言ったけど、それって潔癖症？」

「いや、まるでそんなことはないですよ。机の上にホコリが積もっていても気にするほうじゃないもの。整理整頓と言ったのは、ちょっと違うかな。どっちかというと、きちんきちんと決めた通りに行動しようと思ってるほうで、几帳面と言ったほうが当たってるかもしれない。でも、特技が几帳面だというのは変だから、整理整頓って言ったの」

「きちんとしているんだ」

「独身男なんて、きちんとしていようと注意してないと、あっという間にゴミためのの中に住んでることになっちゃうからね」

「それでなのか」

「いや、それだけじゃなくて、ある、尊敬してる人のマネをしている、というのが本当だな。その人みたいに生きようと思っててね」

「尊敬してる人って誰なの」

と縁衣はきいたのだが、それに答える前に、修平がビールのあとは何を飲む、ということを言いだし、しばしざわめいた。結局、酒屋の荒川壮太が冷酒にした以外は、みんな酎《チュウ》ハイでいいというところに落ちつき、さらに料理のほうも、ボリュームのあるものが追加注文され、やがてテーブルの上は皿だらけになった。

「さあ、もう一回乾杯しよう」

無理矢理盛り上げるためのような乾杯がされ、これおいしい、などと、しばらくは食べるほうの話題が続いた。

官藤伊丸はこういう場でうまく会話をリードできる男ではなかったのだが、戸田縁衣が話を合わせてくれることには好感を抱き、こんなことを言った。

「えにい、って珍しい名前だけど、どんな字を書くの」

「えんがあるって言う時の縁と、ころもの衣で縁衣《い》」

「それ、知らないとちょっと読めないね」

「そうなの。いったいどう読むの、ってよくきかれる。でも、一度覚えてもらうと、間違いなく書いてもらえるっていういいところもあるのよ。縁のことを、えにし、とも言うでしょう。その、えに、と、ころもの衣で、えにい」

「確かに、知ってしまえば忘れないね」

伊丸にしてはうまく話せているほうだった。

そこで縁衣は、哲学のことしかわからない変人に、そっちの話題を振ってしまったのである。

「几帳面な生活ぶりを尊敬している相手の人ってどんな人なの？」

と。それがどんな導火線に火をつけてしまうことになるのか、まったく知らなかったのだ。

2

それでも、伊丸も最初は慎重だった。そちらの話題が女性に受けたことがない、という体験を何度も積んでいるのだ。

「十八世紀の哲学者なんだ。名前ぐらいは、もしかしたら知ってるかもしれない。でも、その人がどういう哲学を打ち立てたのかを知ってる人はほとんどいない」

「どんな人？」

「カント。イマヌエル・カントなんだけど、きいたことある？」

縁衣は首をかしげた。でも、こう言った。

「男の人なの？」

「そう、そこがまずひっかかるところだよね。イマヌエルは、エマニエルと書かれることもあって、エマニエル夫人を思い出しちゃうもんね。でも男なんだ。男で、イマヌエル・カント」

「どういう人なの」

「そうだな。その人の哲学のことには触れないようにして、どういう変人だったかをちょっと教えるね。まずね、カントは生まれ故郷の田舎町からほとんど生涯出たことがなかったんだ。それなのに本から知識を得て世界中のことを知っていた」

「本の虫なの？」

「まあ、そういうことかな。えーと、一七二四年にね、ドイツの、東プロイセンという、まあ日本で言えば東北地方みたいなところの中心の街の、ケーニヒスベルクで生まれて、二十二歳でケーニヒスベルク大学を出て、その翌年から近くの街で家庭教師をしたんだ。その家庭教師時代の八年間だけが、カントが故郷のケーニヒスベルクを離れてた期間で、三十一歳で故郷に戻り、ケーニヒスベルク大学の非常勤講師となってからは、死ぬまでその街を出なかった」

縁衣はただとまどった顔をするしかなかったのだが、かろうじてひとつの単語に反応することができた。

「大学の非常勤講師だっていうの、官藤さんといっしょですね」

「ぼくなんかとは比較にならないよ。運が悪くて講師時代[1]が長かったんだけど、四十五歳で正教授になってるし、晩年には二度学長を務めている」

「へえ」

女性がこんなふうに、「へえ」とか「そうなんだあ」と言う時は、話に興味が持てない時なのだが、伊丸はそんなことにはまったく気がつかない。

「そういうカントが、生涯独身で、ものすごく規則正しい生き方をしたんだよ」

生涯独身に縁衣は反応した。

「女嫌いだったの」

「どうもそうじゃないみたい。カントは普通に社交的で、貴族の婦人とも楽しく会話できたし、そういう婦人に人気もあったんだ。どうもね、病弱な自分の健康のために規則正しい生活をしようと決めてて、その生活を守るには結婚はできない、ということだったようなの。若い時に大失恋をしたとか、そういうことはよくわかってないんだけどね」

「それがいいな。家庭教師時代に大失恋をしたのよ、きっと」

「そういうことでもいいけどね。とにかくカントは生涯妻を持たなかったけど、人間嫌いではなかった。すごく社交的で、客をもてなす時にはユーモアとウィットに富んでいて飽きさせなかった。教授としての彼も、生徒の心をガッチリと摑《つか》む話しぶりで、時には機知に富んだ脱線をして生徒を楽しませたそうだよ。むしろ人間好きの哲学者だったと言ってもいいだろう」

「それで、その人の生活ぶりはどういうふうに几帳面だったの？」

やめておけばいいのに、縁衣はつい相手に話を合わせてしまう女性だった。

「カントの生活は毎日同じだったんだよ。彼は毎朝五時におきて、書斎に入り、お茶を二杯飲んで煙草《たばこ》を一服ふかした。それから、講義の下調べをして、七時から九時まで大学で講義をして、そのあと部屋着に着替え、思索と執筆をした。十二時四十五分になると、昼食のために正装に着替えた。そして午後一時きっかりに招待客を迎えたんだ。この招待客というのは、毎朝四、五人の友人に招待状を出しているんだよ。その日の朝に招待状を出すのは、他からの招待を自分の招待のために断ってほしくない、という気遣いからだったんだ。そういうところまできちんとしているんだね。客の数は三人から九人まで、なんてことも決めてあった。招待客は学者、官吏、医師、銀行家、教養ある商人、若い学生、なんかが常連だった。それで、自分より年長の人は招待しなかった。それは、老人は自分より先に死ぬことがあるからその悲しみから免れるためだった。楽しく談笑して、昼食は四時くらいまで続いた。カントは客の好物の料理を覚えていて用意させ、心からの好意をもって勧め、客はすっかりくつろぎ、自分の家にいるような気持ちになった。そのあとカントは散歩をした。汗をかかないように、思索しながらゆっくりと歩いたんだけど、その散歩の時間の正確さは有名で、人々は散歩しているカントを見ると時計を合わせたんだって。散歩から帰ると、仕事机に向かい、読書して思索して、きっかり十時に就寝し、毎日七時間の睡眠をとった。この規則正しい生活によって、虚弱な体質の彼でも八十歳近くまで生きたんだよ」

「カントって、昼食しか食べなかったの」

「そう。彼は一日一食主義だった。胃はそう弱くなかったけど、大腸が弱くてよくお腹《なか》をこわしたからね」

「几帳面な人って人間嫌いのイメージがあるけど、そうじゃなくて社交的だったのね」

「そうなの。とことんつつしみ深いんだけど、同時に人とつきあうことが好きで、教養ある女性との交際を心から喜び、上品な機知や軽い諷刺《ふうし》を交え、相手を楽しませることを何より楽しんだ人なんだ。だから珍しいでしょう。ちゃんと人づきあいのできる楽しい変人なの。カントはルソーの本当の自然な状態の人間はみんな平等だという思想を尊敬してて、書斎にルソーの肖像を飾ってたんだよ」

「知識はあるけど、常識もあった人なのね」

縁衣はうっかりそんなことを言ってしまった。火に油を注いだようなものである。

「ある時ね、カントは談話の中で、ロンドンのウェストミンスター橋について、形や構造、その長さ、幅、高さ、さらに細部の寸法まで正確に説明したんだって。そうしたらそこにロンドン生まれのイギリス人がいて、ロンドンには何年滞在されたんですか、また特に建築のことを学んだことがあるんですか、と尋ねたのね。そうしたらカントは、私は生まれてから一度もプロイセンを出たことがなく、建築学を学んだこともない、と答えたんだって」

さすがに縁衣も返事のしようがなかった。名前も知らなかった人のそのエピソードに笑えるわけもない。

すると、修平が伊丸の話の一部をききつけて、大きな声で言った。

「官藤。お前またカントの話してんじゃねえの。それはダメだって言っただろ。合コンにカントの話はドン引きなんだから」

「哲学の話はしてないよ。人柄のことを話してただけ」

「なんだろうと、カントはダメなの。こういうところでカントの話は鉄板でボツ」

伊丸はやむなく話をやめた。

「そうだ、この辺で席替えしようよ。別の人ともしゃべりたいもんね。席替え、席替え。ちょっと待て、おれがクジを作るから」

ということになって、クジで席替えが行われた。この時、戸田縁衣は内心ホッとしたような顔をした。

バタバタと、席替えをしてみると、官藤伊丸の隣は水野紗希になった。黒田修平はチラリとそのほうを見て、水野さんなら女性メンバーを集めてくれたいわばリーダーで、官藤をうまくあしらってくれるだろうと安心した。

3

ところが、水野紗希は、いきなり伊丸が目を輝やかすようなことを言ったのである。少し酔いがまわって、警戒心が薄れていたのかもしれない。

「確か昔の大学生って、『デカンショ節』という歌を歌ったんだよね。それで、デカンショというのは、デカルトと、カントと、もう一人誰かのことだとかきいたことがあるんだけど」

伊丸の目に喜びの色が宿った。

「古いことなのによく知ってるね。『デカンショ節』というのは、戦前の大学生たちが歌った歌だよ」

「私のお祖父《じい》ちゃんが戦前に大学を出ているのよ。それで、よくその話をしてくれたの」

こういう歌である。

♪デカンショ　デカンショで半年ゃ暮らす

ヨイヨイ

あとの半年ゃ寝て暮らす

ヨーイ　ヨーイ　デッカンショ

「あれはね、デカルトと、カントと、ショーペンハウアーという三人の哲学者だということになっている。そういう哲学者のことをガリガリ勉強して、あとの半年は寝て暮らすという意味なの。つまり文科系の大学生の、自慢めいた歌だってこと」

「ショーペンハウアーって人は知らないわ」

「それはどっちでもいいんだ。実は、学生がデカルト、カント、ショーペンハウアーの意味でデカンショと言ったのは、インテリ気取りの洒落《しゃれ》らしいんだ。あの歌は本当は兵庫県篠山《ささやま》付近の盆踊り歌で、デカンショは、出稼ぎしよ、の意味らしいの、もともとは。半年間出稼ぎして、あとの半年は楽に暮そう、という内容なの」

「あれは出稼ぎしよう、という歌だったのか」

「それを戦前の大学生が、自分たちはいかにむずかしい学問をやっているかの自慢の歌に変えたんだよ。で、ぼくは本当はそんな歌を知ってる世代ではないけれど、老教授たちがやたらこの歌の話をしてくれるんだよね」

　水野紗希は眠そうな目をしていた。話の内容はどうでもよくなっているのだろう。

「で、カントは何をしたの」

自分が何を質問しているのか紗希にはわかっていなかったかもしれない。

だから伊丸も、調子に乗らないように注意した。

「カントはとても常識的で敬虔《けいけん》なキリスト教徒だよ。その頃東プロイセンには、新教のルター派のピエチスムス(2)という宗派が広まっていたんだけど、カントの家では父も母もそれを深く信仰していた」

「カントの父親はどんな人なの」

紗希は無意識のうちに話し相手を乗せる傾向があった。

「彼の父親は一介の馬具職人だったよ。だからエリートでは全然なかったんだ。馬具職人の四男坊だよ。それが、学校へ入れたら成績がいいんで、大学まで進み、やがてその大学で教えるようになった、というだけの人生」

「わかんないなあ。カントって何なの」

さすがに紗希もこの話に飽きてきたらしい。

「だから、根本のところでは善良なキリスト教徒なんだ。ピエチスムスというのは、何も疑うことなくつつしみ深く、神に仕えることを説く宗派で、正直で、勤勉で、敬虔な信仰を何より重視したんだ。そしてカントの母はその熱心な信者だったので、カントも母の影響を受けて誠実で、敬虔で、勉学に熱心な人間になったんだ。カントの出発点は確実にそこだった」

その声が耳に届いたらしく、加山裕貴が伊丸の斜め前から声をかけてきた。

「お前、こんなとこで何の話をしてんの。カントなんかどうでもいいわけじゃん。酒飲んで楽しくしゃべって友だちになろうという席だよ、ここは」

「それはわかってるけど」

「わかってねえって。お前ここで、純粋合コン批判なんて始めるんじゃないだろうね」

という発言が出るのは、裕貴が少なくともカントの主著書に『純粋理性批判』(3)というものがあると知っていることを表していた。もちろんそれを読んではいないだろうが。

純粋合コン批判というのは面白いな、と思った伊丸だったが、こう言うにとどめた。

「ぼくも合コンの楽しさに水をさす気持ちはないよ」

すると裕貴の隣にいた岸本真利が、甘えた声でこう言った。

「あっちはあっちで好きな話をさせてあげればいいじゃない。紗希は理屈っぽい話が嫌いじゃない人だからいいの」

その発言で、純粋合コン批判についてはさせておくか、ということになった。

紗希はぼんやりとこう言った。

「わかったわ。カントは熱心なキリスト教徒なのね」

伊丸はつい説明してしまう。

「それも一方の事実だけれど、十八世紀の知識人だからね。それだけじゃなくて、すごく科学的かつ理性的に考える人でもあるんだよ。哲学者というのはその時代、科学や数学の天才でもあったんだから。カントの初期の論文に『天体の一般的な自然史と理論』(4)というのがあるんだけど、それはニュートンの原理にもとづいて天体のでき方を論じているものだからね。カントはただの信仰の厚いおじさんじゃなくて、科学者でもあったの。そしてその論理的な思考によって、存在の意味とか、神のあり方とかいう形而上《けいじじょう》学的な真理を突きとめようとしたわけなの」

「うわっ、それ苦手」

　と紗希は言った。

「形而上とか言われると、なんにもわかんなくなるの。なんなのあれ」

「形而上というのは、人間の頭の中にだけあって、実際の形のないもののこと。善とか、神とか、道徳とか」

「形がないもののことを、どうして形而上って言うのよ。そこでわかんなくなるのよ」

「形があるものは形而下なの。でも、どう言ってもこれはわからないよね。その話はよそう。それに、カントも一度は形而上学は無力であるという説にぶつかって、苦悩したんだから。えーとね、ヒューム[5]という人がカントをぶっとばしたの」

「それ誰」

「イギリスの哲学者。そのヒュームがね、『人性論』という本を書いて、その中で、すべての知識は感覚的な印象の連想にすぎないって言ってるんだ。だから科学的に思考してるつもりでも、それは印象にもとづく信念にすぎなくて、めちゃめちゃあやふやなものだというわけね。科学も、ちっとも客観的じゃなくて、信念にすぎない。そして、そういうふうに自然科学でさえ疑わしいんだから、なんにも経験的なものを含まない形而上学は全面的に疑わしくて、学問になりえないって言ったの、ヒュームが。これがカントには大ショックだったんだ。彼は神の存在を理性的に説明したいと考える人だったのに、そんなもの学問じゃない、って言われたわけだから」

「なんもわかんない」

と紗希は言った。

しかし、伊丸はもう相手の反応に気がつかなくなっていた。

「カントはさ、人間もふくめてこの世のすべてを作り、それを統一して支配しているような神的なものの存在を少しも疑うことができなかったのね。だって人間は、たとえこの世の幸福を求めてうごめいていたって、内側から確かに道徳を求めているじゃない。カントにはそう思えたの。道徳を求める形而上のものは確かにあるんだから、あると証明したいよね。でもヒュームは形而上のものはあてにならない信念にすぎなくて、幻なんだって言うわけ。だからカントはそのヒュームを乗り越えて、新しい形而上学を作らなければならなくなったの。それはすごく大変なことで、十年以上も考えに考えてやっと答えが出たんだよ。その答えが、『純粋理性批判』なんだ」

しかしもう紗希はその話をきいていなかった。

4

「ここで『純粋理性批判』の内容を解説するような大それたことをする気はないよ。だってそれは、ものすごくむずかしくて、とても一言で説明できるようなものではないんだから。そもそも、理性を批判するというのが、どういうことかよくわからないよね。哲学が理性を批判したら学問として成り立たなくなってしまうくらいのものなんだから」

伊丸は紗希に話しているというよりは、自分に言いきかせるように言った。その様子は少し、うわ言を言っているのに似ていた。

「理性を批判するというのは、合理的判断だから正しいと考えるのをやめる、ということなんだ。だってそれはヒュームによって否定されてしまったんだからね。しかし、それでもカントは自然科学の正しさをヒュームのように疑うことはできなかった。数学や自然科学は真理だとしか思えなかった。ただし、ヒュームの言う、すべては印象じゃないかという論に、ちゃんと答えなきゃいけなかった。そこでカントはこう考えたんだ。われわれの外に、われわれから独立して自然の対象があるわけではない。われわれがそういう対象を作りあげているのだ。われわれの側にあるアプリオリ(6)な形式が自然の対象を、経験を作りあげていくのであって、その逆ではないんだ。そう考えて、カントは自然科学の正当性を主張した」

紗希が酎ハイを一口飲んでから言った。

「ギブ」

でも伊丸は、その声も耳に入らずに続けた。

「では形而上学はどのように再興させられるだろう。よくよく考えてみると、ヒュームの言う古い形而上学の否定は、神とか霊魂というような、形而上学的なものが否定されなくてはならないと断言しているのではない。そうじゃなくて、形而上学的なものを、理論的、科学的にとらえようとすることが間違っていると言ってるんだ。だからカントはこう考えた。人間はよりいっそうの統一と体系を求めてやまない。そして、もうこれ以上はないという統制原理にまでいきつくだろう。そういう究極の原理、究極の統制者として、霊魂や、世界や、神が出てくる。ただしもちろんそれは、理性に課せられた要求であるにすぎない。だから、こう言えばわかりやすいかもしれない。カントは形而上学的なものが、学として成り立つかどうかを考えたんだ。そしてカントはこんな結論に達した。形而上学的なものが、積極的に構成的にはたらいてくる場所は、道徳の世界においてではないか。つまり道徳の世界、実践の世界にこそ、新しい形而上学がある」

「官藤、もうよせ。いい加減にしろよ」

と修平が遠い席から大きな声で言った。そして、席を立って伊丸の横まで来た。

「トイレへ行こう。そうなんだよ、ここで一回トイレへ行ったほうがいいんだ。さあ立って」

修平は伊丸の腕を取って立ちあがらせ、トイレまで引っぱっていった。

「顔洗えよ」

と洗面台を指さして言う。伊丸は素直にそうして、自分のハンカチで顔をふいた。

「カントの話はもうやめだ。雰囲気がめちゃくちゃになるから。お前合コンで酒飲んで、カントの話して盛りあがると思うの。なんもわかんなくてシラケるばっかじゃん。お前にカントの話きかされた女の子は、どう相槌《あいづち》を打ちゃいいのかもわかんなくて黙ってきいてるしかないじゃん。そんなのつまんないに決まってるだろ」

「そうだな。すまん」

と伊丸は素直にあやまった。ちょっと酔いがさめたのかもしれない。

「だから、カントの話はやめな。お前、もうしゃべんなくていいから、ただニコニコしてすわってろ。女の子から何かきかれたら答えてもいいけど、哲学の話はするな」

「うん。そうする」

「じゃあ戻ろう」

と言われて、伊丸は首を横に振った。

「本当にトイレしたいんだ」

「じゃあしろよ」

と言って修平は先にトイレを出ようとした。そしてその時、深い考えもなくこう言った。

「そもそもカントの哲学がわかってんのかよ」

個室のドアノブのほうへさし出されていた伊丸の手がピタッと止まった。そのまましばらく身じろぎもしなかった。それから、ゆっくりと個室に入った。

伊丸のトイレは長かった。あんまり長く戻ってこないので、壮太が心配して見に行こうか、と言ったくらいだ。

だがそこで、伊丸は戻ってきた。魂の抜け殻のような顔つきで。

「また席替えをしたんだ。お前の席はそこ」

と修平が空いている座ぶとんを指さした。伊丸は無言でそこにすわった。

「３Ｄの映画って、見終るとすっごく疲れてない？」

なんてことを裕貴が言っている。

「私、頭が痛くなることある」

と縁衣が答えた。

「３Ｄにするのがいい映画と、しないほうがいい映画があるんだよな。ちょっとやりすぎてるんだよ」

と修平。

そこで、伊丸が座ぶとんの上にふわーっと立った。みんな、どうしたんだといぶかって伊丸の顔を見た。

「告白します」

と伊丸は言った。

「どうしたんだよ」

と壮太。

そのあと、伊丸は次の言葉を一気に口にした。

「告白します。ぼくは、人間カントをその人柄によって尊敬してます。規則正しく生きて、礼儀正しくて社交性があって、ユーモアもあり他人への気配りもできて、場を楽しくすることがうまい。そういう人間であるカントを人間の見本のようなものだと思うんです」

「おい官藤。その話は……」

と修平が言いかけたが、伊丸は話を続けた。

「だけど、本当のことを言うと、カントの哲学のことをなんにもわかっていない。『純粋理性批判』を何度読んでも、書いてあることの意味がまったくわからないんだ。ぼくはカントが理解できないんだ。ぼくにはカントはむずかしすぎる」

みんな思わず沈黙した。大学で西洋哲学史の講師をしている人間が、カントは理解できない、と言ったのだ。思いもかけないドンデン返しだった。

伊丸はそれだけ言うと、静かにすわった。すわってから、弱い笑顔を見せて、

「わかってるふりしてるのがいやになっちゃって」

と言った。

「いいじゃん」

と言ったのは壮太だ。裕貴はヘラヘラと笑いだした。女性陣のほうも、むしろ好意的に伊丸を見ていた。

修平が判決を言い渡すように言った。

「カントがわからない哲学の先生ってのは、ある意味シュールで、そんで、すっごくリアルだな」

合コンのムードは急になごやかになった。それから伊丸は、みんなから、カントのどこがわからないんだ、などときかれ、どこがわからないかもわからないくらいわからないんだ、などと答え、話題の中心になった。

伊丸のあだ名がイマヌエルになったのはその夜からだった。

(1)ドイツでは、大学は夏学期と冬学期の二学期制で、学長の任期は一学期間だった。カントは一七八六年の夏学期と、一七八八年の冬学期に学長を務めた。
(2)敬虔主義、と呼ばれることもある。つつしみ深く、心から神を信じ、神の言葉に従うことを、キリスト者の本分としていた一派。
(3)一七八一年、カント五十七歳の時の著書。カント哲学の偉大な出発点と言うべき書物である。
(4)一七五五年、カント三十一歳の時の著書。ニュートンの原理にもとづいて、天体は星雲からできるという説を立てたもの。
(5)ルソーをイギリスに呼んで世話したあの哲学者である。因果律を否定したことでカントに影響を与えた。
(6)先天的な、という意味。

ヘーゲルの弁証法的な痴話《ちわ》喧嘩《げんか》

1

フリードリヒ・ヘーゲルはやっと日常生活の幸せを手に入れようとしていた。

一七七〇年にドイツのヴュルテンベルク公国の首都シュツットガルトで生まれたヘーゲルは、その地のギムナジウム(1)を卒業後、チュービンゲン大学へと進んだ。その大学は伝道者を育成するところだったが、彼は哲学を大いに学んだ。父の意向とは違って、伝道者ではなく哲学者になりたかったのだ。

ヘーゲルの生きた頃のドイツは、神聖ローマ帝国としてまとまっているかのように見えながら、実は百以上のバラバラの公国の寄せ集めで、フランスやイギリスより百年は遅れていた。

それで大学を出て伝道者にならないとなると、カントもそうだったように、地方名士の家で家庭教師をするしかなかった。そういうわけで、二十三歳から三十一歳までの八年間、ヘーゲルは、スイスのベルンで、また、フランクフルトで、家庭教師をしてやっと口を糊《のり》しながら、哲学研究を深めていた。

一八〇一年、三十一歳の時にイエナ大学の私講師となり、「論理学」「形而上学《けいじじょう》」および「哲学入門」の講座を持ったが、俸給なしのただ働きだったので、著作活動に精を出さなければならなかった。三十四歳でイエナ大学の員外教授（助教授）にはなれたがやはり貧しく、三十六歳にして代表的著書のひとつである『精神現象学』(2)を刊行したのである。

だが、その頃プロイセンはナポレオン軍と対立し、ナポレオンはすぐさま出動してイエナを占領した。(3)その結果、イエナ大学は閉鎖されたため職を失ったヘーゲルは、友人のニートハンマーの世話でバンベルク新聞の編集者の仕事をした。その期間が一年半ほど。

そして一八〇八年、三十八歳の年の暮に、またしても友人ニートハンマーの口ききによって、ニュルンベルクのギムナジウムの校長兼哲学教授になったのだ。これによってようやく彼の仕事は安定し、余裕を持って研究に打ちこめるようになった。

ヘーゲルは古代ギリシアの哲学や宗教にあこがれており、そこに理想を見た。晩年にはそうではなくなるが、長らく、キリスト教よりもギリシア宗教のほうを崇高なものだと思っていた。

哲学的にはカントを尊敬し影響を受けていたが、結果的にはカントを修正する仕事をした。

また、歴史認識においては、フランス革命をひとつの理想の実現と考え、遅れているドイツはフランスに大いに学ばねばならないと考えていた。イエナを占領したナポレオンのことも、世界を支配する超人だと尊敬していた。理想主義的であり、固陋《ころう》なドイツにはあきたりない思いを抱いていたのだ。

人柄的なことを言えば、ヘーゲルは話下手であった。学生時代、作文の朗読をさせられると、その作文の内容は歴史をよく調べ、考え方もまとまっていてほめられたが、発表の態度や音声の点で、かなり欠点があった。また、体操や武術も、無器用な彼にはまったく苦手な科目だった。

ヘーゲルは素朴で、従順な精神を持っていたが、心の内には情熱を秘めていた。ものごとに没入してそれ一筋になってしまうところがあったが、それは、裏を返せばあせらず、着実にコツコツと研究できるねばり強さでもあった。自分を押しつけず、気どらず、ユーモアを解し、偉ぶらない性質のため、常によい友に恵まれた。彼は一方で理知的で現実主義的でありながら、もう一方では情熱的で理想主義的だった。プロテスタントの家に育ったので、市民的、平民的な落ちつきが身にそなわっており、その上で、思想家として自由の精神を失わなかったのだ。だからヘーゲルは、つきあいやすく信頼できる男であり、どんな時にもあきらめずじっくり考えられる男であり、コツコツと上昇する男だった。天才的なひらめきの人ではなく、驚異的な積み上げの人だったのだ。そんなヘーゲルが、ニュルンベルク時代に、人生的な幸福を手に入れようとしていた。

一八一一年、四十一歳の彼は、二十歳のマリー・フォン・トゥヘルと婚約をしたのだ。マリーは、ニュルンベルクの都市貴族であり、市長や参事会員を務めたトゥヘル氏の長女だった。

ヘーゲルにはその歳《とし》になるまで、独身生活を終えようという強い意思がなかった。独身主義者だったわけではないが、夫婦の本質とは何かとか、夫婦の幸福が私の手に入るだろうかということを、過剰に真面目《まじめ》に考えてしまい、家庭を持ってやっていく自信がもてなかったのである。だが、決して女嫌いだったわけではない。これは後で詳しく説明するが、ヘーゲルは三十六歳の時に、さる夫人との間にルートヴィヒという庶子をもうけているのだ。引きとってはいないが、そういう子がいて養育費を払っていたのだから、女性に関心がないわけではない。

しかしこれまでは、自分と結婚してくれる女性などいるだろうか、と腰の引けた考え方をしていた。自分は幸福な結婚生活のできる男だろうかということに自信が持てなくて、なんとなく独身できてしまったのだ。そしておそらく私は終生独身なんだろうな、なんて考えていた。

しかし、そんな彼にも若くて美しい女性との恋が生まれ、それが実を結んだのだ。四月に彼はマリーと婚約を交す。

それはヘーゲルに愛の喜びをもたらした。その頃友人に出した手紙の中に、こんな一節がある。

「それは――かわいい、かわいい、気だてのやさしい女の子との結婚。これこそ私の幸福。一昨日以来、私は、このかわいい人を、私のものと呼んでよいという確信を得ました」

そんな手紙を書くくらいに、ヘーゲルは幸福の中にあった。

しかし、慎重派のヘーゲルのこと、幸せであればあるほど、心の片隅に杞憂《きゆう》をも抱えこんでしまうのだった。まずヘーゲルは、相手がまだ二十歳の若さであることを、心の一方では喜びつつ、一方では気に病んだ。そんな若い娘に、四十歳を超えた男のことが理解できるだろうか、と考えてしまうのだ。これだけの年齢差があって、恋の熱情がさめた時に理解しあえるのだろうか。すぐに、話が通じない二人になってしまわないか。

それに、自分には彼女を養っていく力があるかどうかも、悪く考えていくと不安になってくる。ヘーゲルは、マリーの家族が、ギムナジウムの校長というヘーゲルの立場に不安を抱いていることに気がついていた。ギムナジウムの校長では、確かに収入が大したことなかったのだ。だから二人の結婚は、ヘーゲルが大学教授になってからにすべきではないか、という話も出ているのだ。しかし、大学教授にいつなれるという予定があるわけではない。そんな、いつとも知れぬ時を待っていたのでは、まだ二十歳のマリーはともかく、自分はどんどん老人になっていってしまう。

しかしヘーゲルとしては、マリーの家族が経済的心配をするというのもよくわかり、理想の結婚生活のためには、私たちはもう少し待つべきだろうか、と腰の引けたことも考えてしまうのであった。

つまり、あまりに思慮深いヘーゲルは、マリーを心から愛しながらも、二人の年齢の差のことや、今後おこるかもしれない障害に対しての心づかいに、思考を乱されてしまうのだ。自分が「大人の分別」を持たなければマリーは不幸になるかもしれないと考えて、慎重になりすぎてしまっていた。

そんなことが原因となって、この年の離れたカップルが、ちょっとした心の行き違いからゴタゴタとモメたのは、他人から見れば喜劇のようなものだった。

2

婚約期間中に、マリーはヘーゲルの妹のクリスティアーネ(4)に手紙を書いた。恋を実らせた私はこの上なく幸福である、ということを伝え、十八歳年上ではあるけれど義妹ということになるあなたとも、家族として親しくやっていきたいので、いろいろなことを指導して下さいますように、という自己紹介のような手紙だ。

ヘーゲルはその手紙を読み、私にも少し書き加えさせてくれ、と言った。そして、次のような一文を書いたのである。

「妹よ、あなたはわかって下さるでしょう。これからマリーと共に暮らすことのできる残りの生涯が、どんなに幸福なものであるか、この世において、これ以上何の望みも考えられないようなこの愛を得た私が、すでにどんなに幸福になっているかということを。もし、私の生涯のこれからの運命に、幸福というものがあるとしたら」

ところが、その文章に目を通したマリーは、すっかりふさぎの虫に取りつかれてしまったのだ。想像していなかったその反応に、ヘーゲルはとまどってマリーの機嫌をうかがうのだった。

「どうしたというんだい、マリー。なんだか元気がないじゃないか。かわいい君の心を悩ますようなことでもあるのかい」

マリーは初めのうちすねたように口をきかなかったが、うながされて言ったのはこんなことだった。

「私は、私の愛する人の心が、私のせいで不安に揺れ動いているのが悲しいのです」

「どうしてそんな悲しみがあると想像するんだい。私たちには幸福の光ばかりがさしていて、悲しみなどどこにもないじゃないか」

「でも、私のせいで愛する人が、不安にかられているなんて、そんな悲しいことはないじゃありませんか」

「何のことを言っているのかね」

と、ヘーゲルはきいた。

「手紙よ。手紙に書きそえたあなたの言葉」

マリーは消え入るような声でやっとそう言った。

「私の言葉？」

「あなたはこう書いていらっしゃいます。〝私の生涯のこれからの運命に、幸福というものがあるとしたら〟もし私の運命に、幸福があるとしたら、とお書きになるのは、幸福などないかもしれない、と心配なさっているからですわよね。それはつまり、私との結婚は幸福には結びつかないかもしれないとあなたが考えていらっしゃるってこと」

「とんでもないことだ。私が君との結婚によってどんなに幸福になるかということを、その前に十分に書いているじゃないか。この世にこれ以上の望みはないとはっきり書き、それを私は手に入れたのだと書いているんだよ」

「でも最後にあなたは、そういう幸福はすべて、もしこの世に幸福というものがあるとしたならばのことだと書いていますわ。そのことを疑っていらっしゃるんです」

「疑っているのではないのだよ。疑っているのではなく、段階的に考えているのだよ。もしこの世に幸福というものがあるならば、それを私は手に入れたのだ、と言っているわけさ。なのにその思考の、前段階だけを取り上げて、幸福を信じていないのだと受け止められたらかなわない」

必死で説明するヘーゲルだったが、多感なマリーはなかなか納得しなかった。

「いちばんあとに書いてあることが、いちばん重要なことなんですわ。あなたはそこで、幸福というものを否定していらっしゃる」

どう説明しても、マリーは機嫌を直さなかった。年若い乙女としては、自分への愛を書く文章が、幸福があるとしたら、という仮定形になっていることがひたすら悲しかったのだ。

説得がうまくいかなかったヘーゲルは、すぐにマリーにあてて弁明の手紙を書いている。その手紙が、後世にまで伝わってしまうのが偉人のつらいところだ。婚約者との痴話喧嘩のあとの、相手をなだめる手紙なんて、あまり他人に読まれたくない恥かしいものだと思うのだが。

しかし、それを読んでみると、ヘーゲルの思考法は少し変っていることがわかる。

「私はほとんど一晩中、あなたのことを考えてこれを書きました。私が頭を悩まして考えたことは、二人のあいだのあれこれの細かい事情ではありません。はたして私たちは、お互いを不幸にするようなことはないだろうかという考えです。だが、私の魂の奥底からは声がします。そのようなことはあり得ない。あるべきではない。またそうさせてはならないと！　決してそうはなりません！」

普通ならこういう手紙には、愛しあう私たちが不幸になることはありえません、ということを書くものだろう。それでこそ、感じやすい乙女をなだめることができる。なのにヘーゲルは、私たちはお互いを不幸にしてしまうのではないかと頭を悩ませた、と書いてしまうのである。それを大いに悩んで考えた結果、そんなことはありえない、という考えに至るのだが、その前に不安があったことを告白してしまう。なぜその苦悩を書いてしまうのかが、哲学者のよくわからないところだ。

要するに、ヘーゲルの思考は断定的ではないのだ。ある結論に至る前に、いろいろと不安なことを考えてしまい、最終的にはそれを乗り越える、という前進的な考え方をするのである。

マリーをなだめる手紙の別の箇所では、ヘーゲルはこんなことも書く。

「だが、愛するマリーよ。思い起こしてほしいことは、あなたのもっと深い知恵、あなたのより高い教養は、表面的ではない、心の奥底からの幸福の感情には、また必ず悲哀の感情が結びついている事実を御存じだということです！　さらにまた、私の幸福を信じ得ない心に対するいやし手になるというあなたの約束、すなわち私の真の本心と、私が現実に対抗し、あるいは現実につき従ってとる態度——あまりにしばしば私はこうである——との間の和解者となるという約束、そしてこの考えが、妻であるというあなたの使命に、より高い側面を与えるものであるということ、私がそれに耐えるあなたの強さを信じているということ、この強さが私たちの愛のうちになければならないということ、これらのことを、どうか思い起こして下さい」

めんどくさい書き方である。ぼんやり読んでいると何が言いたいのかわからなくなってしまう。しかしこれこそがヘーゲルの考え方なのだ。じっくりと見ていこう。

最初の段でヘーゲルは、心の奥底からの幸福の感情には、必ず悲哀の感情が結びついているのであり、あなたは頭がいいからそれがわかるでしょう、と書いている。恋人との睦言《むつごと》にどうしてそんなことを書いてしまうのだろう。幸福には悲哀がつきものでしょう、と言っているわけだ。

その次の段はくそ長いが、簡単にまとめればこういうことを言っている。

私は幸福というものを信じきれない。私は現実に対しては平静でいられるが、本心では疑っている。しかしあなたは、私の本心をなだめ、それに耐え、愛を深めてくれる。私と結婚するということは、そういうことを乗り越えることなのだ。

つまりこれも、乙女の愛をゆさぶるようなマイナス面への言及である。

婚約したばかり、といういちばん睦まじい時に、幸福のマイナス面のことをどうしても考えてしまうヘーゲルの思考法は普通ではない。しかし考えてみると、それこそがヘーゲルであった。彼は弁証法という考え方を打ち立てた哲学者なのだ。

3

まだたった二十歳のマリーは、よく年が倍以上の理屈っぽい哲学先生の思考についていけたものである。それとも、ひょっとしたらついていけなかったのだろうか。

「あなたは幸福というものを、本心では信じていらっしゃらないのね。私との結婚も、それによって二人が幸福になるものかどうかはわからないと思っていらっしゃるのだわ」

マリーはつらそうにそう言った。ヘーゲルはねばり強く彼女を説得しようとする。

「そうではないよ、マリー。私はね、物事を固定的に考えてはいけないことを知っているんだ。なぜなら、この世のすべてのものは、運動し、変化するもので、永遠不動の存在というものはありえないからだ。だから物事はそれだけを絶対視できないのであって、いつでもそれ自身のうちに否定するものをもつ矛盾物なんだよ。たとえば結婚は幸福だ、というような考えがあるとして、それはすぐさま否定することができるのだからね。結婚は人生の墓場だとか、結婚とはもう恋愛できなくなるという契約であるとか、世の皮肉屋たちはさんざんに否定しているじゃないか」

「あなたはその皮肉な考え方をするというわけなのね」

「いや、違う。そうではないよ。そういうすぐさまできる否定は底の浅いものなのだ。そのように否定できる矛盾物は、現状のままにとどまってはいられないものだから、物事は必ず転化するし、発展するのだよ。つまり、シンプルに一度否定しただけでは考えが浅いのだよ。そのように否定されたものは、そこから発展し、もう一度否定されるのだ。そのように、乗り越えていく考え方をしなければならない」

　これが弁証法の基本である。永遠不動のものはありえないから、どんなものでも否定される矛盾をはらんでいるが、その矛盾が、事物をそのままにはしておかないから、次へと発展する。そういう、前進的な思考法なのである。

「だから私が言っていることはこういうことなのだよ。まず初めに、結婚は幸福だというテーゼ（正）がある。するとすぐさま容易に、結婚は幸福ではない、というアンチテーゼ（反）が浮かびあがる。しかし、真実はテーゼでも、アンチテーゼでもなく、アンチテーゼを否定し、発展させたジンテーゼ（合）にあるのだ。わかるかい。真理は否定の否定という、意志的で、建設的なところに求められるのだよ。結婚に即して言えば、結婚は幸福ではない、というアンチテーゼをもう一度否定して、結婚を幸福なものにすることはできる、という乗り越えた姿のものに、すなわちジンテーゼにすることが人間にはできるのだ。それなのにマリー、きみは一度アンチテーゼにしたところだけをきいて、そんなふうに否定的に考えていらっしゃるのねと嘆くのだけれど、私が言いたいことは、それを乗り越えた否定の否定こそ重要だということなのだよ」

正―反―合、という発展的な思考法、もしくは、否定の否定をすることでアウフヘーベン(5)〈止揚《しよう》〉するという考え方、これが弁証法である。ヘーゲルはその思考法によって、揺れ動く万物の本質をつかまえることに成功した。

たとえば、神は存在する、というテーゼがあるとする。するとすぐさま、神は存在しない、というアンチテーゼが浮かびあがる。しかしヘーゲルはそこで、なお発展的に、否定の否定をしろと言うのだ。すると、神が存在しないという事象は、神にしかなしえないものだ、というジンテーゼが出てくる。それこそが真実だというのだ。

ヘーゲルは、矛盾があらゆる原動力であることを次のように言っている。「矛盾はあらゆる運動と生命性の根源である。あらゆるものはそのうちに矛盾を持つ限りにおいてのみ運動し、その限りにおいてのみ物をつき動かし、また活動しようとする性質を持っている」(『大論理学』(6)「矛盾」)

すべては矛盾によって運動しているのだから、矛盾を受け止め、否定の否定をしてアウフヘーベンしたところに真理を見いだそう、という考え方だ。実にもって、しちめんどくさい考え方である。何に対してでもそんなふうに考えるヘーゲルに対して、マリーはうんざりしなかったのだろうか。

たとえば、婚約中のまた別の痴話喧嘩の時に、ヘーゲルは私はよい夫になるだろう、という趣旨の手紙を書くのだが、その時、悪い夫になるかもね、と書いてからそれを否定するという面倒なことをする。痴話喧嘩を弁証法でするアホがあるかいな、というところだ。

「世間には、これほど苦しめても、その辛抱強さや愛情に変わりがないということをみるためだけに、その妻を悲しませてみるという悪い夫がいます。だが私は、自分をそんなに悪い人間ではないと思っています。（中略）私の返事の中には、あなたの心を傷つけるような愛情に欠けたところがあるかもしれませんが、私はあなたをますます深く、底の底から愛し、この上ない愛らしい人と思っていることによって、すべては消え去るという理由で、またそう思って、心を慰めて下さい」

わざとマイナスの方向に考えて、それを否定することによって愛を告白するのである。なんと面倒臭い男だろう。恋愛を弁証法ですることはないだろう、と言いたくなる。

マリーはヘーゲルの考え方にうんざりしただろうと思われる。何を言っても一度否定し、そのあと否定の否定をするのだからうっとうしい。

「美しい花ね」

「いや、あの花は美しくないかもしれない。しかし、花が美しくなく咲こうと考えている理由はないから、美しい花ということでいいのだろう」

しかし、そのうちにマリーはその話し方に慣れてきた。一度は否定しても、結局は否定の否定、つまり肯定するのだから、話の真ん中をきいていなければいいのだ。ヘーゲルの話を、マリーはあんまりきかないようにした。手紙も、結論のところだけ読むようにした。そのやり方で、すべてうまくいった。

経済的な理由から、今すぐ結婚するのはやめて、大学教授になるまで待つべきだろうかと、ヘーゲルは悩んでいた。

その悩みを知った友人のニートハンマーは、あなたには才能もあり、未来の地位向上は約束されているも同然なのだから、つまらない心配によって結婚を先送りなどしてはいけない、という手紙をよこした。その手紙をトゥヘル家の人にも見せるだろうと予想してのことである。

するとマリーは、ある日ヘーゲルにこんなことを言った。

「結婚をすれば、ギムナジウムの校長の給料では安すぎて、生活が苦しくなるかもしれませんわ」

「そうなのだ。私はそれを心配している」

「でも、結婚したあなたは、独り身であった時とは別の人であり、それがあなたを発展させ、大学教授への道が開けるかもしれませんわ」

「発展か」

「そうです。あなたほどの人がギムナジウムの校長に甘んじているのは矛盾なんですもの、その矛盾が事態を動かすんです」

「なるほど、アンチテーゼばかり考えていてはいけないというわけか」

「ええ。否定の否定をなさらなきゃ」

このようにマリーは弁証法的説得をして、その年の九月、夏の休暇中に二人の結婚式が行われたのだった。

翌年、長女スザンナが生まれたが、この子はすぐに死亡した。だが、その翌年と、そのまた翌年に、長男のカールと、次男イマヌエルが生まれ、すくすくと育ったのだった。

4

ヘーゲルの主要な著書は四つあって、『精神現象学』（一八〇七年公刊）と、『大論理学』（一八一二〜一六年公刊）と、『エンチクロペディー』[7]（一八一七年公刊）と、『法の哲学』[8]（一八二一年公刊）である。

『大論理学』の第二巻が公刊された年、四十六歳でヘーゲルはハイデルベルク大学の正教授に就任した。そのあとも見ておくと、四十八歳でベルリン大学教授となり、五十九歳の時にはベルリン大学総長になる。

ハイデルベルク大学の教授に就任した年のこと、妻のマリーが硬い表情で夫にこういう話を切り出した。

「私としては、この家の平和を守るためにできるだけのことをするつもりです。自分が産んだのではない子にはつらく当たるというような、慈《いつく》しみの心のないことをするつもりはまったくありません」

ヘーゲルは当惑したように尋ねた。

「何の話をしているんだね。自分が産んだのではない子とは誰のことだ」

「あなたにおわかりにならないはずはないわ。ヘーゲルの姓を持つもう一人の子、ルートヴィヒ・ヘーゲルのことを言っているんです。そしてその子がどんなにこの家の平穏をかき乱そうとも、私は受け入れると言っているんです」

「ルートヴィヒか。その子が存在しているのは確かな事実だ。だがどうして、その子を受け入れるなんて言うのだい」

「ブルクハルト夫人の手紙を私にも読ませて下さったのはあなたじゃありませんか。夫人はそこにこう書いていました。今ではすっかり健康をそこねて、私の命が尽きかけているのはまぎれもない事実です。あと一年も私は生きていないでしょうって」

ヘーゲルは認めたくないことを認めるようにうなずいた。

「確かに、そんなことを言ってきていたね。だが、あれは病気をしている人間の弱気が書かせたもののような気がする」

「そうではないような気がしますわ。だってあの手紙で、夫人がしきりに気にしているのがルートヴィヒのことなんですもの。私が死ぬのは運命だとしても、まだ九歳で、今は養育所にあずけられているルートヴィヒは、私の死後どうなってしまうのでしょう、と書いてありました。あれは、子を残して死ぬ母の悩みです。ルートヴィヒが不幸な目にあってしまうのではと、そのことを一念に案じているんです」

「それはそうかもしれないが、かと言って私にできることがあるだろうか」

ヘーゲルは苦渋に満ちた顔をした。

「あなたにはするべきことがありますわ。もしかして、それをはっきりと口に出さないのは私への遠慮からなのでしょうか。もしそうなら、そんな遠慮はいりませんことよ。私はルートヴィヒのことであなたを責める気なんてひとつもないのですからね。その子のことは、あなたの人生の中の汚点などではなくて、自然な心の動きだと思っていますのよ。ブルクハルト夫人はその頃、夫に捨てられていたのでしょう。そのことにあなたが同情して、二人は近づき、ルートヴィヒが生まれたのですわ。私は事情を全部知っています。その後、ブルクハルト氏は病死しました。そこであなたは、夫人と結婚すべきだと考えたのですわ。それって誠実なさりようだと思います。でも、ブルクハルト夫人は結婚は望みませんでした。夫との間の女の子もあって、そんな子まであなたに押しつけるのは申し訳ないと考え、結婚は必要ないと考えたのでしょうね。そしてただひとつ、ルートヴィヒにヘーゲルという姓を名のらせることだけを求めたのです。そしてあなたは、その子のために養育費を送っているのですわ。どれもこれも、理にかなった誠意ある行いで、ひとつも責められるところはありません。私は、そんなことに嫉妬《しっと》するような心の狭い人間ではありません。そこは誤解なさらないでいただきたいの。あなたは、もしブルクハルト夫人が亡《な》くなったら、ルートヴィヒを引きとってやらなければいけませんわ。ヘーゲルという姓を持つ子に対してそれが当然のことですもの」

「やはり、そうすべきだろうかね」

とヘーゲルは言った。その言い方で、彼がそのことを考えていなかったわけではないことがわかる。

「そうすべきですわ。それによってこの家の平穏がかき乱されるとしても」

「つまり、うまくいかないと思うのかい」

「誤解なさらないでね。私が面白くない気持ちになって、ルートヴィヒにつらく当たるというようなことは、ないようにしたいんですから。でも、やっぱりむずかしいことでしょうね」

「悩ましいことだね」

「ルートヴィヒにしてみれば、カールやイマヌエルとくらべて、自分がこの家で冷たく遇されているという気がするでしょうね。私がルートヴィヒに冷たくする、ということはないようにしたいのですけど、でもやはり、自分の産んだ子のほうを大切に思ってしまうのは避けられません。で、ルートヴィヒは、この家は自分の居場所ではない、というような居心地の悪さを感じ、どうしたって私になつかないでしょう。ルートヴィヒは、あなたのことも、寄りつきにくく感じるでしょうね。この人がぼくの父親だなんて、急に考えようとしてもうまくいきませんもの。その子はこの家の中を、寒々しい雰囲気にしてしまうでしょう。それは誰が悪いわけでもなくて、必然なんですわ」

「この家の平和がそんなふうに乱されるというわけか」

「ええ。そしてこのことには、弁証法的アウフヘーベンはありませんのよ。ただ否定があるだけで、否定の否定はないんです」

マリーは冷たくそう言い、ヘーゲルはムッとしたような顔をした。

「ここへ私の弁証法を持ちだすことはあるまい」

「あなたはいつだって、論理をひねくりまわしていつの間にか反対の意味にしてしまうんですもの。でも、ルートヴィヒのことでそのインチキ論理をやられるのはたまりませんわ」

「インチキ論理とは口がすぎるだろう。弁証法にケチはつけさせんぞ」

ヘーゲルは怒気をあらわにしたが、マリーは冷たくそっぽを向いて、フン、と言った。ヘーゲルも、それ以上文句を言うことはできなかった。

マリーがこの喧嘩で言ったことは、やがてそっくり事実となっていった。

一八一七年、ブルクハルト夫人が死亡したため、ヘーゲルは十歳になっているルートヴィヒを家に引きとった。しかし、その子は父にも、義母にもなつかなかった。マリーは扱いにくい子のために骨を折り、気を使ったが、ルートヴィヒは両親に対して愛情を抱かず、恐怖の気持ちをもって生活したのだ。

ルートヴィヒは義母に冷遇されていると感じていた。ヘーゲル家にいることに不都合を感じるようになり、口数少なく、内気で、ずるい子供になった。

ルートヴィヒはベルリンでギムナジウムを卒業したが、希望していた医学の道には進めず、父の口ききで書籍商に奉公に出された。数年後、不祥事をおこしてそこをクビになると、ヘーゲルはオランダの植民事業の士官の辞令を買ってやり、ルートヴィヒはオランダで陸軍士官となった。だが一八三一年、ジャカルタで熱病にかかって二十四歳で死亡した。

その三カ月後、ヘーゲルはコレラにかかって六十一歳の生涯を閉じた。

なお、マリーの産んだ長男のカールは、エルランゲン大学の史学教授にまでなり、八十八歳で死んだ。次男のイマヌエルは、ブランデンブルク州の宗教局長となって七十七歳で死んだ。

ヘーゲルの、あまり弁証法的ではない庶子のルートヴィヒが、二十四歳の若さで異国で亡くなったことを知る人は少ない。

(1)大学へ進むための高等中学校で、在学期間は普通九年間である。
(2)人間の意識が、対象と互いに関係しあい、真理を把握していく過程を論じた、とんでもなく難解な書物である。
(3)ヘーゲルと同郷の六歳下の後輩で、最後まで変らぬ交わりを続けた人物。ヘーゲルは彼から金銭的援助もしばしば受けている。
(4)ヘーゲルの三歳年下の妹。生涯兄を尊敬し深く結びついていた。
(5)ヘーゲルの弁証法における重要な思考法。止揚のほか、揚棄《ようき》と訳されることもある。あるものを、そのものとしては否定しながら、更に高い段階で生かすこと。別の言い方をするなら、矛盾するものを更に高い段階で統一し解決すること。
(6)この書は、第一巻第一篇、第一巻第二篇、第二巻の、三冊からなっているので公刊に時間がかかった。
(7)エンチクロペディーとは、哲学的諸学問の集成、のことで、この書は第一部「論理学」第二部「自然哲学」第三部「精神哲学」からなっている。弁証法の正―反―合と同じように、ヘーゲルはどうも物事を三つに分けて考えるのが好きなようである。
(8)この書の序文の中に、有名な次の言葉がある。「理性的なものは現実的であり、現実的なものは理性的である」しかし、これが何を意味するのかは、彼の説明をきけばきくほどわからなくなる。

マルクスの意味と価値

1

えー、お笑いを一席申しあげます。ただし、私どものような噺家《はなしか》のする噺というのは、あんまり真面目《まじめ》なものではありません。きいてタメになる、何かの役に立つ、常識が身につくといったようないいことはひとつもありませんで、ただもう面白おかしい噂話《うわさばなし》のようなものを興にのってたれ流しているだけという節操のなさでございます。

そこへ加えまして、今回私めがここで話しますというのが、経済哲学の親玉にして、共産主義の黒幕、十九世紀から二十世紀にかけまして思想界にこの人ありと恐れられたカール・マルクスのお話でございますから、話がややこしくなるしかないのでありますます。そりゃそうでございますよ、ソ連という国がまだあって、そのしめつけの中で東ヨーロッパに共産国がいくつもあったという時代ならともかく、そういった国がみんな共産主義をやめちゃったというその後に、マルクスの話をしようてんですから大いに間が抜けております。今はもう二十一世紀になっておりまして、誰も共産主義国のことなんか覚えちゃいないよ、なんなんだいそれは、泥棒よけの心張り棒にでもなるのかい、というぐらい知られておりませんのに、なんともまあ、マルクス。

ひとつおバカなエピソードをお教えいたしますが、小説家に清水義範というのがおりますな。パスティーシュなんぞと称しまして他人の文体で小説を書いているというあきれた男です。

その清水が大学生の時に、マルクスの『資本論』の講義を一年間受けたんだそうです。と申しましても、小中学校の先生を養成している二流の大学で、そう大した講義であるはずもなかったんですが。その講義をあの清水はサボる、サボらなければ講義を聞いてない、聞いていたとしても耳に内容が入ってこないというありさまで、一年たってもなにひとつわかっちゃいなかったんですな。

そういたしまして、学年末になりましたから試験がございます。ただしまあ、その程度の大学ですから、そう難問が出るわけではございません。教授のほうも、まともな試験をやったら単位の取れる者はほとんどいない、と見抜いておりまして、あきれるほど易しい問題を出したんですな。

こういう問題です。

「この一年間『資本論』を学んできて、その感想を記せ」

なんとも幼稚な問題ですなあ。自分の思想にどんな影響を受けたのかを記せ、というのなら学問的な質問になっておりますが、感想を記せ、というんだから気楽なもんです。感想ならばどう持っても自由なんですから、なんか書いときゃ落第はせんでもすむちゅうことですわな。

ところが清水にはその感想もないわけです。サボってばかりでそもそも講義を受けていませんのでね。さあ困った、感想と言われても頭の中にはなにもないわけです。するとそこで清水は、とんでもないことをいたしました。解答用紙の真ん中に、大きな文字で黒々と一首の歌を書いたのです。

その一首というのが苦しまぎれに書いたこれ。

ブルジョワとプロレが築くこの社会
角が立つのをいかにマルクス

学年末の試験をこのざれ歌一首で乗り切ろうとした清水も清水だが、驚いたことにその教授はこの歌で単位をくれたんだってえからあきれるじゃありませんか。もちろんAやBというい成績をくれたわけではありませんが、落第のDではなく、C判定をくれたんです。一年間の勉強をこの歌一首でパスにしてくれた先生の、むちゃくちゃぶりは前代未聞《みもん》と言うべきでしょう。かくして三十一《みそひと》文字《じ》で清水は単位をひとつ取ったのです。

ご注目いただきたいのですが、この歌の内容は実に下らないものでして、マルクスの思想を見事にまとめているとか、マルクス哲学の真髄がここにあるというようなものでは、ぜんぜんありません。そもそもマルクスは、ブルジョワジーとプロレタリアートは階級闘争をしていく敵同士と見なしているのでありまして、その二者の間に角が立つのを、どうやって丸くしていこうなんてことはまったく考えておりません。ですからこのざれ歌は、単にマルクスという言葉をうまくあてはめて使ってあるだけで、それ以上の価値はゼロなんであります。そんな一首で単位を取るってのは納得いきませんですなあ。

「はい、丸赤《まるあか》先生、質問です」

「おっ、さりげなく話を始めましたですな。きみは与太山《よたやま》くんだったね」

「はい。与太山太郎です。先生はこの大学で准《じゅん》教授をしておられるわけですが、ねえ准教授、というような語りかけは不自然だと思いますので、先生とお呼びしているんですが間違っておりますでしょうか」

「いや間違ってはいないですよ。確かに准教授というのは変な日本語で、なんとなく先生と呼びかけられるのが普通であり私もそれに慣れています」

「では先生、質問なんですが、ぼくたちは先生のマルクスに関する講義を一年間受けてきたわけです。ぼくは欠席をしたことがないわけじゃなくて、講義も一、二回は抜けているんですが、それ以外は一応出席していまして、ノートも取ってましたし、休んだ日の分のノートは出席した人に写させてもらっていました。まあ要するに比較的熱心に先生の講義を受けたと言えるだろうと思います」

「それは感心なことで、賞賛に値しますが、与太山くんは講義中に大きな声で独り言を言う癖があって周りの学生から迷惑がられていましたよねえ」

「もしそれが事実ならばぼくは学友に謝罪をしなければなりませんけんど、ぼくの実感としては講義の邪魔になるような大声の独り言を言ったという記憶はありません。みんな、なにか考え違いをしているのではないでしょうか」

のうのうとそう言われますと、丸赤先生も少し困った顔をしてしまいましてな。

「いやあ、そこだよ。問題は実にその点にあるんだ。いいかね与太山くん。私はきみが熱心な学生であることは知っている。いつも目の色を変えるほどの集中ぶりで私の講義をきいていることには気がついていたからね。しかし、実のところきみは、集中しすぎる傾向があるんだ。講義の内容に夢中になってしまって、自分でも気がつかないうちにぶつぶつとしゃべりだしてしまうんだよ。なんだって、どうしてそんなことになるんだ、とか、そうかわかったぞ、とか、なるほどすごいぞなんて頭がいいんだ、などと大声でしゃべり始めて、みんなの耳にはそれがとても邪魔なのだよ。また与太山がわけのわかんないことを言ってるぜ、という気分になってしまってね」

「それならぼくは謝罪します。ぼくはみんなの勉学の邪魔をするつもりは少しもないのですが、感動すると声がもれてしまう癖があるらしいのです。もうそういうことはしないと約束します。そしてぼくは一年の講義のしめくくりの今日、先生にひとつ質問をしたいのです。とても重大な核心を衝《つ》く質問をズバリときいてみたいのです」

「どういう質問かね。もしトンチンカンな質問でないのなら答えてあげるよ」

「ぼくが一年間先生の講義をきいてきて、最後の最後にズバリとききたいことはこうです。マルクスについて一年間も学んできたわけですが、ひょっとしたら、これはまったくの時間の無駄で、マルクスなんか学ぶことにはなんの意味もないんじゃないですか」

「な、な、なんというバカな質問をするんだね、きみは」

丸赤先生は思わずのけぞってそう言ったわけでございますな。

2

「マルクスについて学ぶのは無駄だと言うのかね。十九世紀最大の思想家で、経済学者で、革命家だったマルクスを今学ぶことにはなんの価値もないと」

「普通に考えたらそういうことになるんではないかと思うわけです。先生はこの一年間、マルクスの人となりについて、生涯について、そしてその思想についていろいろ教えてくれましたけんど、それは二十一世紀に学んで意味のあることでしょうか。マルクスが一八一八年にプロイセンのトリール市でユダヤ人の家庭に生まれたこと、両親の家系は代々ラビを出してきた名家で、このラビというのはユダヤ教の教師だということを教えていただきましたが、マルクスがドイツの人でユダヤ人だということを知って何の役に立つというのでしょう。一八三〇年にトリール市内の名門ギムナジウムに入学しまして、三五年にボン大学法学部、三六年にベルリン大学法学部に移って次第にヘーゲル左派の一員として思想を深めていったということ、それは知っとかなきゃいけないことなんですか」

「きみが講義をよくきいていたのは確かなようだ。その点は大いに評価できるよ」

「そこを評価されると何かいいことがあるのでしょうか。四二年の秋から四三年の春まで『ライン新聞』の編集者を務め、その体験から社会経済問題や社会主義思想にめざめていったというマルクスの人生が、二十一世紀の人間にとって何か意味がありますか」

「あるに決まっているではないか。マルクスだよ、あのマルクス思想のマルクスは世界を変えたんだ」

「はい、そこのところが問題なんです。マルクスは本当に世界を変えたのかどうか、ぼくにはそこがよくわからないのです。講義を受けましたのでマルクスの生涯についてはいろいろとわかりました。四三年の夏、かねてから家族ぐるみで交際のあったウェストファーレン男爵《だんしゃく》の令嬢イェンニー・フォン・ウェストファーレンと結婚をしましたが、それは二十五歳の時のことです。二人の間には男の子二人と女の子が四人生まれましたが、貧しい生活の中で男の子二人と女の子一人は幼くして亡《な》くなりました。それはマルクスがロンドンに亡命[1]していた頃のことです。先生、このあたりのこと間違っているでしょうか」

「間違ってはいない。細かいことまでよく知っていると感心するほどだよ」

「細かいことはもっと知っています。マルクスは子供に優しい父で、息子たちのお馬ごっこの相手をよくしてやりました。椅子《いす》をひもで体に縛りつけ、その椅子に長男のエドガーをのせて引いてやりました。彼のある論文はそうやってお馬ごっこをしながら書いたものだと伝えられています」

よくわかっているじゃないかと丸赤先生はうなずきます。

「それはマルクスの四女エリナの手記に書かれていることだね」

「そのほかにこんなこともわかっています。マルクスはベルギーのブリュッセルに移ってそこを本拠として、四六年に共産主義国際通信委員会というものを設立します。いよいよ共産主義運動を始めたわけですが、この時に知りあったのが謎《なぞ》の人、エンゲルスです」

「エンゲルスが謎の人だというのはどういうことかね。エンゲルスはとても有名なマルクスの仲間じゃないか」

「エンゲルスは有名ですが、有名なのに何ひとつ伝えられていない謎の存在じゃないですか。四八年に有名な『共産党宣言』が発表され、そこには共著者としてエンゲルスの名前がありますけど、エンゲルスがその本について何をしたかを語ってくれる人は一人もいません。誰もエンゲルスの説明をしてくれず、ただ『共産党宣言』はマルクスとエンゲルスの共著、というだけです。あたかもエンゲルスは、マルクスという刺身についているツマのような存在で、そこについてはいるのですが何をしているのかは誰も知らないのです。まるで煙のような存在、それがエンゲルスです。たとえば『共産党宣言』の有名な書き出しの一文、『妖怪《ようかい》がヨーロッパ中を歩きまわっている。共産主義という妖怪が』という文章がありますが、あれを書いたのがエンゲルスだということにでもなっていれば、エンゲルスもなかなかやるなあ、と思えるのですが、そういう事実もありません。エンゲルスはどこどこまでもマルクスの共著者にすぎなくて、何をしたのかさっぱりわからないのです」

「いや、そんなことはないんです。エンゲルスはマルクスより二歳年下ですが、マルクスの思想形成を陰で支え、学問上の相談にものったんですから。エンゲルスは父の経営する商館に勤めて、後にはその仕事を継いだから金銭的余裕があってね、極貧のうちに『資本論』の完成に力をそそいでいたマルクスに経済的援助をしたんだ。エンゲルスがいなければ『資本論』は完成しなかったかもしれない」

「しかしそれも影の薄い尽力じゃないですか。『資本論』の中のこの分析はエンゲルスがしたもの、とかじゃないんですから。エンゲルスはただマルクスにいろいろ協力した、というだけの、超有名ななんにもしなかった人です」

超有名ななんにもしなかった人、とは面白い言い方ですな。だが、丸赤先生としてはそれを認めるわけにもいきません。

「いやいやいや、エンゲルスはマルクスの思想の各種分野への一般化の論文をいろいろと書いているよ」

「それって、マルクスを解説してただけのおじさんじゃないですか。エンゲルスはどう考えてもマルクスの援助者ですよ。そうでないなら、どうして誰もエンゲルスを論じないんですか」

「まあ、エンゲルスはちょっと地味だからね」

「ほら、先生だってエンゲルスは切り捨てですよ。そして、すべての手柄はマルクスのものになり、マルクスだけが偉大だと持ち上げられていくんです。あの有名な、大英博物館のエピソードだってそうじゃないですか」

「マルクスの勤勉ぶりを伝えるあのエピソードのことかね」

「そうです。ロンドンに住んでいた頃、大英博物館の図書室がマルクスの書斎でした。マルクスは毎日朝の六時から夜の七時までそこで仕事をしました。ある日、一人の入館者がいつもマルクスの使っている机を使おうとすると、図書館員のおばさんがこう言ったのです。『その席は空けておいて下さい。そこはドクター・マルクスが使う席なので』そこで入館者は、『ドクター・マルクスですって。共産党宣言を書いた人で、労働運動の指導者のあのマルクスですか』するとおばさんは答えました。『そんなこと私は知りません。ただ私が知っているのは、あのかたが毎日ここで十時間以上勉強なさるということだけです。あのかたは、私がこの閲覧室でこれまでお見かけしたかたのうちで、いちばん勤勉で几帳面《きちょうめん》な勉強家でございます』そんなエピソードまで残っていて、とにかくマルクスは偉いんです。ああそれなのに、エンゲルスのことは噂もしないんだものなあ。ぼくはエンゲルスがちょっと気の毒です」

「エンゲルスのことはどうでもいいじゃないかね。きみが私に言ったことは、そんなことより重大だよ。きみは、マルクスを研究することには意味がないと言ったんだからね。いやはや、とんでもない暴論だ」

「マルクスの思想と、その歴史への影響をよくご存じのはずの先生が、なぜぼくの言おうとしていることを理解しないのか不思議でなりません。ぼくはただこう言いたいだけなのです。マルクスって、もうとっくに失敗して終ってるじゃん」

「とんでもなーい」

と丸赤先生は大声を出したんであります。

3

「なにを根拠にきみがそういうことを言うのか、私にはだいたい想像がついています。それは気がついていて当然のことで、問題のあの一件以来私のようなマルクス学者は直接的にまた間接的に同じことを何十人からも言われているのですから。中にはわざとからかうような口調でもって、なんでまたまだマルクスをやっているんですか、と言った人さえいます。つまりマルクスは終っているのだと、あきれるほど大ざっぱに切り捨てる人が多くいるのでして、私はもちろんそのことに気がついています。要するにそういう人たちが口をそろえて言うのは、ソ連が崩壊しちゃったのに、なんでまだマルクスなんて言っているの、ということです。与太山くんもまたそういうことを言いたいのでしょう。ソ連はなくなり、東欧の共産主義国もみんな民主化し、東西ドイツは統一して東ドイツはなくなったという歴史的事実があるんだから、マルクスのことはもう考えなくたっていいと言いたいのでしょう」

「先生、それは確かにそういう一面があるにはあるんだけんど、ぼくはそのことだけをもってしてマルクスはペケ、と言っているんではありません。ぼくは先生の講義を一年間きいてきて、マルクスの思想の根幹のところは一応知ったと言えると思います。いやいやまだぼくの理解なんか浅いもので、ぼくがマルクスについて知ってることは、全体の中の爪《つめ》のアカぐらいだというのが事実かもしれませんが、それでも少しは知っていて考えているのは事実です。その上でぼくは、この一年間の講義には意味があったんでしょうかという疑問を口にしているわけで、二十一世紀にはもうマルクスでもあるまいと気分的に言っている人とは違うような気がするのんですが」

そうは言われても、マルクス学者としてはきき捨てならない言葉ですわなあ。

「気分的に言ってるんじゃないと言うわけね。マルクスの思想を知った上で、正当な批判をしたいというわけね。それができると言うのね」

「先生、なるべくならばカリカリしないで、ぼくの自然な疑問について答えていただきたいんですけど、たとえばぼくは先生の講義を一年間受けてきたことによって、マルクスが資本というものをどう考えたかを少しは理解することができました。マルクスが考えたところを大ざっぱに、ちょっと大ざっぱすぎて失礼じゃないのというくらいにまとめてしまうと、資本は資本の勝手で突き進んでいくということになるんじゃないでしょうか。資本とはそれを元手に生産をしていくのですが、資本は労働者、つまりこれがプロレタリアートですが、その幸せのことをひとつも考えずに資本自体が太るように話を進めていくもので、それは言いかえれば、資本主義社会というのは、労働者が事実上、ほかの社会階級の奴隷《どれい》となるように組織されているわけです。労働者はブルジョワジーに労働力をさし出すだけではなく、人間としての存在をそっくり明け渡しているわけです。つまりそれが、労働者が労働から疎外《そがい》されているということなのだと先生は教えて下さいましたのんです」

「これは意外なことを言うじゃないか。いやこれはちょっと意地悪な言い方にすぎるかもしれないな。私は与太山くん、きみのことをわけのわからないことをぶつぶつぶやきながら講義を受け、実はその内容がまったく頭に入っていない困り者ではないかと疑っていたのだよ。許してくれたまえ、きみは私の講義をなかなかよく理解しているのだね」

このあたり、ちょっと複雑ですな。この丸赤先生、マルクスについてケチをつけられるとムッとしてしまうんでありますが、劣等生だと思っていた相手がマルクスをよく知っていると喜んでしまうのです。

「いいえそんなことはないのんです。ぼくは先生のおっしゃった、つまりマルクスの考えた、資本による労働の疎外は唯物《ゆいぶつ》的な歴史だという考え方、自信がないんですがそれでだいたい合っていますかね、要するに誰かが悪い奴《やつ》だから労働者が搾取《さくしゅ》されるのではなく、歴史的な必然として資本は奴隷を生産するという考え方に、とても深く納得したのんです。唯物史観(2)ですよ。そいつがすべてを悪く運んでいくんです」

「あらら、あらら、すごいですねえ与太山くん。きみがそんなにも深い理解をしているとは夢にも思いませんでしたよ。史的唯物論ですよ。まさにその生産力と生産関係の矛盾から歴史の発展が導き出されるという思想こそがマルクスの発見だったのです。それがわかっているとはすごい」

「そうですよ、先生。それがわかっているからこそマルクスは革命は歴史の必然だという革命理論をうち立てることができたのんです。労働から疎外された労働者すなわちプロレタリアートは、その奴隷的状況におしこめられていることに耐えられなくなり、自然に資本主義のシステムを滅ぼしにかかるんです。マルクスがした予言はそれです。革命は資本主義が自ら招き寄せるのだというところが重要なのんです。しいたげられた労働者が怒って団結する、というように一見見えるかもしれませんが、そういうことではなく歴史的にそうなるしかないという予言をマルクスはしたのです。資本主義は自分の持っている矛盾によって必ず革命で倒される、という予言ですね」

「そうです、そうです。その予言が実際に当たったからマルクスは偉大なんです。一九一七年に革命がおこり、ロシアはソビエト連邦という共産主義国となりました。それは世界中に大きく広がっていき、東欧諸国も、中華人民共和国も、北朝鮮も、ベトナムも共産化しました。キューバやラオスも忘れてはいけません。マルクス主義は、共産主義国を生み出したのです。どんな偉大な哲学者も、その思想によって実際に国家を生み出してしまったことはなかったのに、マルクスだけがそれをしたんです」

「そのことはぼくもすごいことだと思います。マルクスは世界の歴史を変える予言をし、その予言は一回は当たったんですからね。実際に共産主義国家を生み出してしまったのはものすごいことだと思います」

「そうです。マルクスは世界を変えたんです」

丸赤先生は自分の手柄を自慢するようにそう叫ぶわけですな。

「しかし先生。だからこそぼくはそのあとどうなったかに注目するのんです。共産主義国は資本主義国が陥っている矛盾と誤りのない、優位な国として繁栄したでしょうか。その国では労働者が平等で、労働から疎外されることなく喜びを持って労働し、誰からも搾取されることなく満足に生きていけたのでしょうか。そこがうまくいってこその共産主義国だと思うんですが、さて、現実はどうだったでしょう」

「言いたいことはわかっているよ。つまりあれだ、一九九一年にソビエト連邦は崩壊してロシアに戻ってしまったという、そのことをさしているんでしょうが。そして、その直前に雪崩《なだれ》を打つように東欧の共産国も民主化していった。中華人民共和国はそれより前から、共産党独裁ではあるけれど経済政策では資本主義化してしまった。ベトナムもまた、経済的には共産主義を捨てたに等しい。今、共産主義国と言えそうなのは北朝鮮とキューバぐらいしか思いあたらないが、それらの国が事実上は独裁国であることはあえて言うまでもなくわかっている。つまり、正しい共産主義国はひとつもなくなってしまった」

「そうです、先生。ぼくが言っていることはまさにそれなんです。マルクスは偉大な思想家であり予言者でした。そのマルクスの予言した通りに、共産主義国が革命によって誕生したというのが二十世紀の奇跡だったのんです。別の言い方をするならば、二十世紀とは共産主義国というものがうまくいくかどうかという壮大な実験をした世紀だったと言っていいくらいなんでんす。そしてその実験は、結果的に見れば否定のしようがなく、どうやら失敗に終ったのです。共産主義国というのを試してみて、うまくいかなかったというのが二十世紀だったんだと言ってもいいくらいです」

そう言われると丸赤先生もムッとしてしまいましてな。

「そこそこ、そこが気に入らんのよ。ソ連が崩壊して、東欧が民主化したから、共産主義の負けで、マルクスは間違っていたんだというその主張ね。それは違ってるのよ。そんなシンプルなことではないんだよ」

4

「しかし先生、普通に考えたらそういうことになりませんでしょうか」

「違うのよ、与太山くん。それは短絡思考というものなの。マルクスは正しかったのに、それを解釈して共産主義国を実現させた人々の中に誤りがあったんだとも考えられるじゃありませんか。たとえば、マルクス・レーニン主義なんていう言い方もあるところのレーニン[3]ですよ。レーニンによってマルクス主義はねじ曲げられたのかもしれない。それからまたたとえばスターリン[4]ですよ。ソ連を誤った共産主義国にしてしまったのはスターリンかもしれない。中華人民共和国の中にもそういう、マルクスの思想をねじ曲げちゃった人物がいるのかもしれない。東欧もまた、正しく共産主義を実践できる人物がいなかったのだと考えることができて、ユーゴスラビアのチトー[5]などは独自路線で行こうと考えてゆるゆるの共産国を作ってしまったし、アルバニアのエンヴェル・ホッジャ[6]は鎖国してしまったし、ルーマニアにはチャウシェスク[7]というようなバカ独裁者が出てしまって、みんな共産主義国として正しく進むことができなかったのだけれども、それはそういう人物が誤っていたのであり、失敗をしてしまったのであり、マルクスの主張するようにちゃんとやっていればうまくいったかもしれないのよ。だから、共産国の失敗をもってマルクスの思想が正しくなかったというのは言いがかりかもしれないじゃないのさ」

この辺になりますと、丸赤先生も鼻の穴をひろげて熱気ムンムンなわけですな。

「そういうふうにマルクスだけを切り離して実際の共産主義国の失敗の責任は彼にはないと弁護するのはどげなもんでしょうか。やっぱり根本のところではマルクスがあれらの共産主義国を作ったと思うんですよ。マルクスがいたからこそレーニンは出たわけだし、スターリンも出てきたわけで、悪いのはそいつらでマルクスは間違ってなかったんだ、と主張するのは無理があると思うんだすけど」

「そそそ、それは確かにそうであるかもしれない。しかし、共産主義国がうまくいかなかったという事実をもってきてマルクスの思想を否定するのははたして正しいのか。マルクスは偉大だったということと、共産主義国の失敗は分けて考えてみるべきかもしれないよ。ソ連が崩壊した、だからマルクスは間違っていた、と結論づけるのはどうなんだろうか。学者の中には、共産主義国が失敗に終った今こそ、マルクスをもう一度研究しなければならないと言っている人もいる。もちろん私もそういう意見の持ち主なんだが」

「共産主義国がペケだったから、マルクスも間違い、と決めつけるのは確かに早計かもしれないとぼくも思います。だけんども、マルクスはどうして失敗に終る共産主義国しか予言できなかったのか、ということは考えてみる価値のあることかもしれません。『資本論』や『共産党宣言』を読む限りでは、いやになるくらい厳密に正しいマルクスが、革命後の国のあり方として、実はできそこないだった共産主義国しか考えられなかったのはなぜなんのですか」

「共産主義国はできそこないだと言うのかね」

「だって現にそうだったからみんな失敗に終ったんじゃありませんか。それについてぼくはこんなことを考えたんです。共産主義国というものを、マルクスは古代ギリシアのポリスにおける理想の政治形態と考えていたらしいのですが、そこがそもそもスカタンだったのではないでしょうか。古代ギリシアのポリスというのは、大きなものでも人口数万人、小さなものでは数千人というような小さな政治組織で、そんな小さな国なら共産主義でうまいことやっていけるのかもしれません。人口が少なければいろんな不都合も話しあいでなんとか解決していけますからね。しかしソ連のように人口何億人という大きな国が、原始共産制なんかでやっていけるはずがないのですよ。そういう大国で、共産党一党独裁政治をしていくと、どういうわけだか必ず官僚による利権の独りじめという形態が出てきて、全労働者の権利が著しくおろそかにされ、公平な分配がもろくも崩れ去るんですよね。共産主義でやっていくはずなのに、一部の権力者だけがいい目を見るように必ずなるんです。そして、そのことへの不平をおさえこむために秘密警察が作られ、恐怖政治が行われ、逆らう者は収容所送りになるという密告社会になってしまうのです。生産したものは生産した人間が等しく分けあう、という共産主義のはずなのに、必ず多く取る者が出てくる、そしてそれに反抗すると弾圧される、ということに共産主義国ではなってしまうんです。つまりは生産品のごまかしぶん取り合戦にどうしてもなってしまうのが共産国の実態のようではありませんか。民主化した元共産国で、昔はこんな社会だったという告発がいろいろされていますが、どれもこれも、共産時代はごまかして多く取るというのが生きる原理だったと言っているのんです」

丸赤先生としては、ちょっと痛いところを衝かれたわけですな。

「そういう発言は確かによく耳にするね」

「だからぼくは結局こういうことじゃないかなと思うんです。マルクスの思想を研究していくと、文句をはさみたくなるところがひとつもなくてものの見事に正しいという気がします。マルクスの資本主義批判にはどこにも傷がありません」

「うん、そうなんだ、そうなんだ」

「ところが、資本主義が必然的に崩れて、そのあとに出てくるであろうとされている共産主義国家について、マルクスの想像力が正しく及んでいないのんではないでしょうか。つまりマルクスは、人間を、共産主義でうまくやっていけるものだと考えていたのであり、その点こそがマルクスの間違い、大甘な考え違いだったんです。マルクスの言ったような共産主義国家でうまくやっていけるのならばそこはユートピアですよ。残念ながらぼくたち人間は共産主義国家でうまくやっていけるような優れた存在ではないんです。つまり、マルクスが言ったのは人間には実現不可能な理想であり夢であったのであり、わしらにはそんなええもんは手におえん、ということがわかっていなかった点においてマルクスはペケだったのです。二十世紀の百年をかけてぼくらは人間のその残念さを証明してしまったのんです」

「つまりあれだね、理想としては実に正しかったんだよね。マルクスの予言通りにうまくいってれば素晴しいことだったんだ。だが、人間はそれをちゃんと手に入れるほど上等な存在ではなかったのであり、だからうまくいかなかったんだね。マルクスが間違っていたのではなくて、私たち人間がマルクスの望むほどの者ではなかったんだよね」

それならばよくわかる話だ、という口調で丸赤先生は言うわけです。

「そうです。もしマルクスの言ったことがうまくいっていたら、ぼくたちはユートピアを手に入れられたのに、ぼくら自身の不十分さによってそれを逃したんですよ」

「ああ、そうなんだ。本当はマルクスは偉大だったのだ。マルクスの足を引っぱったのは私たち人間だったんだ」

とまあ、熱心な口調で二人がやりとりをしておりますのを、教室の中でシラケきった顔できいている学生がようけおりましてな、こんなことを言いあっております。

「あの二人あんな話ばっかり何べんやっとるんや」

「あれはあの二人のくやしまぎれゲームなんだよ。あの先生、共産主義国が失敗に終ったのがマルクスに対して悪い気がして、くやしくてくやしくてたまらんのや」

「そうそう。そこでクラスで最も頭の鈍い与太山くんをそそのかして、何度でも同じような議論しとんのや」

「そや、マルクスは本当は偉大なのに、人類がマルクスの思想をぶっこわしたんや、マルクス先生ごめんなさい、てな話を一年もかけてごちゃらごちゃらと作ってるねん」

「あきれ返った二人やな。ついていけんわ」

するとそこへ、こんな疑問を口にした学生がおりましてな。

「しかし、もしかしたら本当かもしれんで。人間がもう少し優れた存在なら、共産主義国家でうまいこといっとったんかも」

「あかん、あかん。そんなもんうまいこといくかいな。共産主義になるためには、その前が資本主義なんやで」

「それがどうしてん」

「資本主義が共産主義になるてなこと、そがい（疎外）うまいこといくかいな」

「なーるほど」

というわけで、マルクスは復権せず、という一席でございました。

（1）ドイツ三月革命後の革命運動に敗北して亡命した。一八四九年のことである。
（2）社会の進化、歴史の展開の原動力を、物質的、特に経済的生活関係の中に求める立場。史的唯物論ともいう。

(3)ロシアの革命家で、マルクス主義者。一八七〇―一九二四。ロシア革命を主導した。

(4)ソ連の政治家。一八七九―一九五三。一九二二年共産党書記長のポストにつき、以後三十年にわたってその地位にあった。大粛清を行ったことがよく知られる。

(5)ユーゴスラビアの政治家。一八九二―一九八〇。独自の社会主義路線を推進した。

(6)アルバニアの政治家。一九〇八―一九八五。ガチガチの共産主義国で行こうとし、ソ連や中国とも国交断絶をし、鎖国政策をとった。

(7)ルーマニアの政治家。一九一八―一九八九。って、人名事典で調べたことを書き並べているだけとは、著者も少し疲れすぎじゃないんだろうか。

ニーチェの口髭《くちひげ》をたくわえた超人

1

さて、今回語りますところの英雄、あるいは天才、あるいは豪の者とは誰かと申しますと、知る人ぞ知る、知らぬ人は知らぬ、超人哲学を打ち立てたる十九世紀の大哲学者ニーチェであります。超人哲学と言われて、すかさず超人という言葉に反応なされる方々の中に、超人とは、皮膚が緑色の筋肉怪人、超人ハルクのことかと思われるムキもあるかもしれませんが、あの怪力男とは何の関係もありませんので誤解のなきように。はたまた、超人を英訳いたしまして、クリプトン星から来て常はクラーク・ケントとしてデイリー・プラネット社で働くスーパーマンを思い出すのも見当違い。ついでに並べておきますならば、キャプテン・アメリカのことでも、バットマンでも、スパイダーマンでもなく、ましてやウルトラマンやその数多きファミリー、いわんや仮面ライダーとも関係はございません。バーナード・ショーの『人と超人』を思い出すお方は、げげっ、あまりにも渋すぎまする。ここで言う超人とは哲学的な、人間の思索の限界を超えていく者のことであり、ニーチェのめざした人のあり方の理想なのでありますが、話を始めていきなり本論に突入するのは愚の骨頂、段取り知らずのやりようですので、ここはまずニーチェの生いたちあたりからぼつぼつと語っていくべきでありましょう。

さて、ニーチェと申しましても、どなたかのニーチャンというわけではござらず、ドイツはプロイセン、ザクセン州のレッケンという田舎町に、一八四四年に生まれたるフリードリヒ・ウィルヘルム・ニーチェがその人。

その父なる人はプロテスタントの牧師で、両親とも代々牧師の家系だったればこそ、宗教的厳格さの中で少年時代をおくったのですが、あるいはそれが彼に後年反キリスト教的思想をもたらしたのかもしれず、この辺は興味のつきないところではあるのですが、確たる証拠のある話ではなく、深入りせぬのが利口というものでありましょう。

四歳の時に父を亡《な》くし、五歳の時に弟を亡くしたニーチェは（やっぱりニーチャンだったんじゃないか、と騒がれるな）、母と妹、祖母と二人の伯母という女だらけの家に住み、なかなか優秀な子として育っていきました。

弟を亡くした五歳の時に、一家をあげてナウムブルクというもう少し大きい街へ移住をいたしまして、そこで市立小学校に入学いたします。このあたりのことはそう重要ではありませんので、猛スピードではしょってまいりますが、十歳で聖堂付属ギムナジウムに入学をいたしましたが、十四歳の時に名門プフォルタ学院へ奨学生として転校したのは、誰の目から見ても成績優秀だったからでありましょう。

ただこの頃のことで記憶にとどめておいていただきたいのは、十二歳の頃からニーチェは、強度の近眼による眼痛、頭痛に苦しめられていたということで、これは彼の人生を通してずっと彼を悩ませたのであります。

二十歳でボン大学に入学した彼は、神学と古典文献学を専攻しましたが、神学のほうは母親を安心させるための専攻であったものか、やがてやめてしまいます。さてこの大学では、古典文献学の大家リッチュル教授に才能を認められ、大いに嘱望されたのが後の人生に関わってまいります。ボン大学には一年いただけで、リッチュル教授がライプツィヒ大学に移籍しますと、ニーチェもそれを追ってライプツィヒ大学に転校いたしました。

さてそこで、普通にまともな大学生をやっておればいいものを、二十三歳の時、前年に始まっておりますプロイセン・オーストリア戦争に参軍すべく、砲兵連隊に入営いたしましたのは、若さ故《ゆえ》のおっちょこちょいと申すべきでありましょうか。その軍隊で、翌年の三月のことですが軍務中に馬に乗りそこね、胸の筋を裂いたうえ骨を傷つけ、そこが化膿《かのう》したり、胃カタルを併発するなどして半年も病床につき、ついに十月には除隊となったのはなんともはや人生の無駄でありました。もともと病弱なのだから、戦争などには関わらず大人しくしておればよいものを、と思うのは私だけではありますまい。

しかしまあ、除隊したニーチェはライプツィヒ大学に戻り、二十四歳でそこを卒業しますと、リッチュル教授の推薦を得てスイスのバーゼル大学の員外教授に就任できたのはその若さではまことに異例なことであり、恵まれた人生のスタートと言えるでありましょう。こうしてニーチェは古典文献学者として生き始めたのであります。

とまあ、学生時代から新米学者時代までを一気に見てまいりましたが、その間に彼は人生を、そして自分の思想を左右する二つの体験をしておりますので、それをざっと見てまいりましょう。

まずそのひとつは、二十一歳の時にショーペンハウアー(1)の『意志と表象としての世界』という本を古本屋でみつけ、これに読みふけったことであります。人間の思想は成長いたしますから、後年にはニーチェもショーペンハウアーを越えて独自の哲学に至るのでありますが、とりあえず青年ニーチェはショーペンハウアーの思想にかぶれ、そこからスタートしたと言えましょう。

となりますとここで、ショーペンハウアーの思想とはいかなるものかを一通りご説明せねばならぬところですが、これがなんとも冷や汗もの、一介の講釈師には身のすくむほどの難儀でございます。そもそも浅学な私としては、ショーペンハウアーについてただひとつだけ『デカンショ節』の最後の「ショ」はショーペンハウアーの略だということを知っていただけなのでありますから、説明するのも大変でございます。しかしながらすくんでいては話が前へ進みませんので、蛮勇をふるってやっつけ仕事的に説明めいたことをしてみせますが、何卒《なにとぞ》お笑いめさるな。

ニーチェが十六歳の時にすでにこの世を去っているショーペンハウアーは、厭世《えんせい》哲学の代表者として盛名をはせておりました。

その説くところをざっとまとめますれば、人間の意志とは、生へのあくなき意欲であり欲望であり、それに突き動かされて生きる人間は、当然矛盾と混乱と悲惨の世界を作りだすのであります。これまでの近代哲学は、その欲望と理性に調和をもたらす原理を考えてきたと言って過言ではありません。十七世紀のデカルトは自分が考えているということに存在の根拠を求め、十八世紀のカントは、自由な存在である人間が道徳的たろうと意志することで善たることができると考え、十九世紀のヘーゲルは、人間は自分の本質をよく理解することにより、善きことをめざす理由をつかめるのであり、歴史を受け入れ、社会を善き方向へ向けようとする意欲を持ってこそ世界を正しく認識でき、人間は善に向かうと説いたのでありました。このあたり、自分で申しておきながら実ははなはだ心もとないのではありますが。ともあれ、ヘーゲルまではそのように、理性と善を合一させる道はあるとして理屈をこねまわしたのであります。

ところがショーペンハウアーは、人間は理性によってこの世界の矛盾、はたまた生の苦悩を解決することはできないとして、ようやくのこと、哲学と芸術と宗教によってこの苦悩をなぐさめる、もしくはごまかすのがやっとだと言うのであります。この考え方はひょっとすると、生は苦悩であり、すべては無常なのであるから、すべてあきらめ、受け入れて悟りを得るしか救いの道はないと説いた釈迦《しゃか》の考えに少し似ているかもしれません。とにかく、ショーペンハウアーは、この世は苦であり、あきらめるしか救いの道はないということを説いたのであり、厭世の親玉にして、反ヘーゲルの先導者だったのであります。

そのショーペンハウアーが、横っ面《つら》にびんたをくらったほどに、はたまた、目からウロコがぼろぼろはがれ落ちるほどに納得でき、腑《ふ》に落ちたのでありますから、ニーチェは厭世主義者となり、反ヘーゲルの哲学者としてスタートしたと言えるのであります。

ただしここで先走ったことを申しあげますならば、ニーチェは終生ショーペンハウアーの影響下にあったわけではなく、後には厭世主義からそれでももう一度立ちあがれ、とする超人の思想へとたどり着くのですが、それをここで語るのは早とちり、せっかち、おっちょこちょいの所業でありますから、そのお話はもっと後でまたやることにいたしましょう。

ともあれ、ショーペンハウアーを知ったことにより、ニーチェは人生を絶望と見るダークサイドの人間となり、頭痛もちで、口髭をたっぷりとたくわえた、あんまり女性にはモテない大学助教授として、いつの日か我が思想を完成させんものと夢見る二十代を送ったのでありました。

2

さてさて、ニーチェが二つの体験により思想を左右させられるほどの衝撃を受けた、と申しておきながら、まだそのうちの一つしかお話ししておりません。あわててここで、もうひとつのほうの体験も語ることといたします。

それは、一八六八年、ニーチェが軍務中の怪我《けが》がもとで二十四歳で軍隊を除隊し、大学に戻った頃のことですが、ワーグナーの「トリスタンとイゾルデ」及び「ニュルンベルクのマイスタージンガー」を聴き、その音楽に大感激をいたしまして熱病患者のようにワーグナーのとりことなったのであります。

これは単に、ある作曲家を愛好したとか、そのファンになったということとは、まるで違っておりました。ニーチェはワーグナーに圧倒され、ぶっ飛ばされたのであります。ただ音楽に魅了されたということではなく、思想に影響を受けたのであります。すぐさま彼は、さる人の紹介を受けてワーグナーと対面いたしました。そしてそれ以来しばしば、ワーグナーの家を訪ねては歓談したのでありますが、さて、ワーグナーのほうはニーチェのことをどう思っていたものなのか、単なる崇拝者で、わしのことを宣伝してくれる都合のいい若者と思っていただけかも、という想像は若きニーチェに気の毒でありますから、それ以上考えるのはやめにしておきましょう。

ここでは、ニーチェはワーグナーの芸術のどこに、どのような感動をいたしましたのかを説明すべきなのですが、さてこれが一筋縄ではいきません。ニーチェ二十七歳の時に発表いたしましたる『悲劇の誕生』(2)という論文は、ワーグナーの天才性を崇《たた》えるためにギリシア悲劇の分析をしているという性質のものでありますから、それをもとに説明しようと誰しも思うところでありますが、さてそれがむずかしい。

ニーチェの言うところによれば、芸術の価値を説明せんとするに、これまではアポロン的原理のみを考えていた。アポロン的原理とは、アポロン神が光明と芸術を司《つかさど》る神ですから、情念を芸術へと形象化する力になると言うのですな。それに対してニーチェは、それとは別にディオニュソス的原理があると説いたのです。ディオニュソス神は酒精の神でありますから、祝祭における我を忘れた狂騒や陶酔を象徴するのであります。

すなわち、アポロン的原理による芸術は、理性的であり英知的であり、節度があるのに対しまして、ディオニュソス的原理による芸術は、情動的であり感性的であり、過剰すぎて混沌《こんとん》としているとニーチェは言うのであります。人はこれまで整合性があって節度を持ったアポロン的原理の芸術のことのみを考えてきたが、情動的で混沌としたディオニュソス的原理の芸術があることを知らねばならんと、それがまあニーチェの説くところであります。そしてワーグナーの芸術こそがまさに、感情があふれかえって節度を越え、混沌にまで至っているディオニュソス的芸術なのだと主張いたしました。

そこでつらつら考えますに、この世は苦悩だけでありそこから脱することはできないと説いたショーペンハウアーの思想と、ワーグナーの芸術は整合性から飛び出して情念があふれ返り、狂乱にまで至っているからこそよいとする考え方とは、どこか近いところがあると言えますまいか。

すなわちニーチェは、大きすぎる苦悩を小さななぐさめで癒《いや》そうと考える人ではなく、大きすぎる苦悩を全身に負って、それでも立つ、というふうに考える男であり、これが後年の超人の思想になっていくのであります。

いずれにいたしましても、二十代で知ったショーペンハウアーの思想と、ワーグナーの音楽はニーチェに決定的な影響を与え、彼をニヒリストの親玉へと導いたのですが、終生その影響下にあったわけではありません。ショーペンハウアーの思想をニーチェは乗り越えて、さらに偉大なる思想を打ち立てるのでありますし、ワーグナーにつきましては、三十一歳の時「ニーベルングの指輪」の試演に出席しまして、失望のあまり途中で会場を脱け出したということがありまして、若き日の熱狂からさめたようなのでございます。

そうした思想関係のこととは別に、ニーチェには身体上の苦しみがありました。ニーチェはすでに十二歳の頃からしばしば頭痛の発作に苦しんだのでありますが、二十九歳の時には突然激しい偏頭痛におそわれ、以後身体の不調がとてつもないものだったといいます。頭痛に加えて胃も痛み、時には眼痛で夜も寝られず、結局三十五歳の時には大学をやめてしまいまして、以後は年金生活をする人となったのであります。

そののちは、よい気候を求めてスイス、イタリア、南部フランスなどの保養地をめぐりながら著述活動をするという生活ぶりでした。『曙光』[3]とか、『悦《よろこ》ばしき知識』[4]などを著し、世に問うていったのであります。

しかしながらこのように、どこに行って何を書いたという話ばかりをしておりますと、もっと人間たるニーチェを知りたい、彼が恋に悩むことはなかったのか、色恋の失敗談などがあるならばそれを知りたい、と申されます方々も多かろうと思います。

それでまさに、うってつけの話がございますれば、ゴシップは下卑たものと言われようがくさされようが、ここに披露するのが私の役割でございましょう。

それは、ニーチェが三十七歳の時でございました。友人のパウル・レー[5]から、その年まだ二十一歳のルー・ザロメという女性を紹介されたのでございます。はてそれはどのような女性かと申せば、帝政ロシアの将軍の娘にして、チューリヒ大学で芸術学と哲学を研究していた学生でありまして、絶世の美女とまでは言えぬにしても、才能にあふれ知的な容色を備え、清楚《せいそ》な感じさえあったというのですから理知的アイドルの類《たぐい》でありました。その人は健康上の理由から学業を中断し、母とともにローマにきておりまして、ニーチェはその地で十六歳年下のこのロシア娘に初めて会ったものでございます。そして、会えば相手の知性に感嘆し、我が学問の助手のようなものにしたいという思いはすぐさま、この人を手に入れたい、という恋愛の情に変ったのでありますニーチェは、実は同じくザロメに恋をしておりました友人のレーに仲介を頼み、早速にプロポーズをしたのであります。

しかしながら、ザロメ嬢にとってニーチェはその知恵と学識を尊敬する人ではあっても、口髭多き陰気な男性と見えたらしく、あっさりと断ったのでした。

それでもあきらめず、ニーチェはロシアへ帰らんとするルー・ザロメにミラノで追いつき、しばし森の中で二人だけの散歩をいたしました。そしてそこで何があったのかは知らねど、ニーチェいわく「生涯でもっとも恍惚《こうこつ》とした夢」を与えられたと言うのは、何らかの約束でもできたのか、それとも、絶望の中でなお立ちあがろうとする彼の考え方故の思い違いなのかはよくわかりません。

その後ニーチェはルツェルンでザロメたちと再会し、もう一度求婚し、またしても拒絶されました。

しかしそれからまた、話はますますややこしいことになるのであります。ニーチェの二歳年下の妹エリーザベトが、ルー・ザロメに会うやいなや、その人への反感をむきだしに示し、事態をますます混乱させたのです。

若い頃から自分の兄を歴史に残る大思想家と信じ、その兄のために戦うことを生きがいとしていた妹にしてみれば、その兄を自分から奪い去るかもしれない、奔放かつ冒険的で、兄に対する尊敬に欠けるように思える若い才女に対して、本能的な反感を覚えるのは当然のことであったかもしれません。

かくして、一人の才女と二人の男、そして男の妹一人を加えた四人の、どうにもならぬようなバトルが始まってしまい、これにはニーチェも苦しんだのであります。

その年の秋、ニーチェはライプツィヒで約六週間、ルー・ザロメ、パウル・レーとともに暮らしましたが、しだいに気まずいものを感じだし、ついにザロメとレーはその街を去ったのであります。

この恋の破局によってニーチェは妹のエリーザベトと不仲になり、母からも非難されて孤立したのであります。まことに、ならぬ恋ほど残酷なものはないと言うところでございましょうか。

ニーチェが、「神は死んだ」⑥と言い放ったことは皆さんもよくご存じでありましょう。

3

初めにも申しあげておりますが、ニーチェの父は牧師であり、母の実家のほうも牧師の家系でありまして、幼い彼はとても厳格な宗教的環境の中で育ったのであります。それなのにそのニーチェが、神は死んだと言い、キリスト教を批判しているのはいかなる理由によるものか、少しばかり気になるではありませんか。

そのあたりのことを考えてみますのに、ニーチェが四十三歳の時に発表いたしました『道徳の系譜』⑦という論文が参考になりますので、それを見ていきながら彼の考えをまとめていきましょう。ただし、言うはたやすく行うのは難事でありまして、私ごとき者がうまくまとめられるかどうかははなはだ心もとないのですが、やってみないことには何も始まりません。眉《まゆ》に唾《つば》しながらもおつきあい下さい。

キリスト教の中心思想は隣人愛であります。汝《なんじ》の隣人を愛せよ、と説くのですが、それ自体は悪いことではない。しかしながらこれが、「他人のためを思うことがよいことであり、自分のためを思うのは悪である」というところまで行っているのは、奇妙なねじれではないかとニーチェは言うのです。

人間は誰でもまず「自分のこと」を考えます。それが人間という生き物の自然性でありますす。そしてその次に、自分に余裕や力がある場合には、「他人のため」に行為しうる生き物でもあります。これまた人間の自然性と考えてもよいでありましょう。でありますから、まず自分のことを気遣い、次に他人を気遣う、これが自然な順序であります。ところがキリスト教はこの自然な順序を逆転させてしまっているとニーチェは説くのです。

キリスト教では、人間にとって最も大事なことはまず「神」を、そして次に「隣人」を思うことであります。そしてキリスト教では「自分」を思うこと、自分の「快」や「悦び」を追求すること自体が「悪」と見なされているんです。なぜそんなひねくれた逆転の考えをしなければならないのか、とニーチェは分析してまいります。

どうもキリスト教の思想にはその根本に、ルサンチマンの本性があるのだ、とニーチェは見抜きました。ルサンチマンとは、強者に対して弱者が持つ反感のことでありまして、負け犬がひねくれて裏返し技を使うようなことであります。

「貧しいもの、病めるもの、悩めるものこそ幸いである」とキリスト教では言うのですが、つまりはっきり申せば「強者や金持ちや権力者より、弱者や惨《みじ》めな者のほうが実はよき者、幸せな存在である」という、食べられないブドウは酸《す》っぱいと言うが如《ごと》き、弱者の裏返し技なのではないかと考えられるのであります。ニーチェに言わせれば、それは、真の逆転が不可能なので、もっぱら想像上の復讐《ふくしゅう》によってその埋め合わせをしているような考え方なのだ、ということになります。こんな弱者のルサンチマン思想がヨーロッパ中にはびこっているのであります。

十九世紀のヨーロッパにはニヒリズムが蔓延《まんえん》していると考えられていましたが、多くの人はそれを、キリスト教の信仰が崩壊したためにニヒリズムが現れた、と考えたがるのであります。しかしニーチェに言わせれば、実はキリスト教の本質が、人間の生命力を裏返しにしているところを見ればわかるように、ニヒリズムを隠し持っているのであります。

さらにニーチェは思考を深め、パウロなどが打ち立てた初期キリスト教は、人々にやましい思いを押しつけたといいます。すなわち「原罪」という考え方であります。これを言いかえますならば、人々は唯一《ゆいいつ》の神に贖《あがな》いきれない負債を負っているという考え方なのです。人間はそもそもやましい存在であり、人々の罪を贖って十字架にかけられたキリスト、という伝説を作ることにより、人はもともと罪人であるという思想を生んだと分析するのであります。

そういたしまして、キリスト教はヨーロッパにおける最大の思想となったのですが、その正体はルサンチマン、すなわち弱者のインチキなひっくり返し技である、とニーチェは言うのであります。キリスト教の正体をよくよく見定めてみれば、自然な肉体とエロス、現世の欲望、快楽、陶酔、愉悦といったディオニュソス的本性を徹底的に否認し、それとまったく究極の反対物として「神」を打ち立てているのです。これは、「聖なる神」という超越的な理想を向こう側に立てて、その面前で自分の「絶対的無価値」を確かめようとする、比類を絶した錯乱でしかない、とニーチェは喝破いたしました。それ故にこそキリスト教の本質はニヒリズムだと、ニーチェは見抜いたのです。

そしてまた、ニーチェはキリスト教における道徳にも疑問を投げかけたのであります。そして実はそのことは、哲学的にとても重要なことだったのです。

カントやヘーゲルも、人間の善なるものとは何かを考え、その時に道徳という概念を持ち出しております。道徳というものに近づこうとする努力が人間の善である、というような言い方でですが。

だがしかし、そこでカントやヘーゲルが言っている道徳は、キリスト教における道徳なのであります。だから、そこのところにインチキがあるとしたら、彼らの哲学も狂っていってしまうのであります。ニーチェはそこを考えてみました。

キリスト教における道徳は、「汝の敵を愛せよ」という言い方に代表されると言ってもよろしかろう。それがニーチェには、とんでもないインチキ思想に思えたのであります。「汝の敵を愛せよ」という教えは、せんじつめれば、「自分のために何かをしてはならない、ただ他人のためにだけ何かをなせ」という命令であります。そしてニーチェに言わせれば、それは話がひっくり返っている一種のペテンだというのです。キリスト教ではそういう絶対的な道徳を説くのですが、それは実は道徳の自然な存在理由から離脱しておるではないか、というのがニーチェの見抜いたところであります。

絶対の神というものを想定して、それにくらべれば自分は糞《くそ》のように価値のない、それどころか罪のあるものだと規定して、神に従え、というのは道徳ではなく、逆さまのトリックであろう、とニーチェは怒るのです。

自分は罪のある弱者であり、だからこそ自分を捨てて神に従う、という卑怯《ひきょう》な弱さがニーチェには気に入らないのでありましょう。

そろそろおわかりかと思いますが、ニーチェは弱さを叱《しか》る人であります。生きることは絶望と苦労の連続ではあるのだが、でもそこで、私は弱いのだ、と逃げるのはよせ、というのがニーチェの考え方であります。

その大いなる苦悩の中で、それでも逃げずに立て、とニーチェは言います。そして立ち向かえ、と。その立ち向かう者こそが、ニーチェの言う超人なのではありますまいか。これは、ガンマ線を大量にあびて緑色の筋肉怪人になってしまうという、あの超人とは無関係であります。

とまあ、面倒なことをくだくだしく語りましたのでうんざりされている人も多いかと思いますが、ニーチェのキリスト教批判、そして「神は死んだ」という叫びは、力強い前進的な哲学の一環なのだということだけは、どうか薄々なりとも感じ取っていただきたいわけでございます。

4

四十歳の時、ニーチェは『ツァラトゥストラ』(8)を完成させたのであります。この『ツァラトゥストラ』はニーチェの思想を最もわかりやすく説いた、詩的形式で書かれた思想劇でありまして、彼の「超人」思想や「永遠回帰」の思想が手に取るようにわかり、霧を払われたようにくっきり見えるという名著です。

そして少し決めつけるように言ってしまいますならば、『ツァラトゥストラ』は『新約聖書』に対抗すべく書かれた、もうひとつの『聖書』ではありますまいか。そうであるが故に、キリストの言葉に対抗すべく、古代ペルシアの預言者ゾロアスター（ツァラトゥストラ）の言葉だとしているのであります。

反キリスト的教えを説く賢人ツァラトゥストラは、ついに大いなる畏怖《いふ》と深遠さを克服して自らを「告知者」（超人）へと鍛えていく、というのが『ツァラトゥストラ』の中心ストーリーでありまして、ニーチェの思想はここに結実していると言ってよいでしょう。

そのあたりのことをもう少し詳しくご説明したいのですが、ひょっとするとやればやるほどわけがわからなくなるかもしれず、藪《やぶ》を突ついて蛇を出すことになってしまう恐れもあるのですが、何か言わなきゃ何もわからん、というのも道理ですので、思いきってニーチェの超人思想を整理してみることといたしましょう。

さてそれは、こうまとめられます。人間がこれまで持っていたキリスト教の「理想」は、本質的にルサンチマンを内包している、とニーチェは見抜きます。したがってそれは結局、「生の否定」の思想にゆきつかざるを得ません。

そこでつらつら考えてみるに、そのヨーロッパのニヒリズムを克服する方法はただひとつしかないのです。それは、古い価値への立ち戻りを禁じ手にして、むしろニヒリズムを徹底すること。すなわち、既成の価値の根拠を根底的に棄《す》て去り、積極的に新しい価値の「根拠」、あるいは新しい価値の「目標」を打ち立てなければならない、とニーチェは考えたのであります。そして、新しい価値の「根拠」とは何かといえば、それは「力への意志」ということであり、新しい価値の「目標」とは何かといえば、「超人」の創出ということなのだとニーチェは結論づけました。ですから、この超人が筋肉が巨大化して服がびりびりに破れるというシーンを連想してはなりませんと、何回同じことを言わせるんですか、もう。

もはや皆様にはなんとなくおわかりのことと思いますが、ニーチェは苦悩の中に生きる弱者が、逃げたり、ひねくれたり、いなおったりすることを断じて許さないのであります。弱者に、それでも立って上をめざせ、と声をかけるのがニーチェだと言ってもよいでしょう。

これを言い替えてみますならば、「弱者」にとってほんとうに重要なのは、自分より「よい境遇」にある人間に対して羨《うらや》みや妬《ねた》みを抱くことではなく、より「高い」人間の生き方をモデルとして、それに憧《あこが》れつつ生きることなのだ、とこの反聖書的書物の中でツァラトゥストラは訴えかけるのであります。

さて、ここまではなんとなくわかっていただけたとしましても、このあとに出てまいりますニーチェの思想のもうひとつの結論、つまりそれは「永遠回帰」という、世界は永遠に回帰するはずだという、きいても何のことだかよくわからない話を説明しなければならなくなるのですが、正直に申しあげまして私にはその説明をすることが不可能であります。どうしてまた世界が永遠に、目的もなく進歩もなく、ただ回帰しているとと考えればよいのかがさっぱりわからないからであります。

ただ、その考え方は非常に虚無的で、次の三つの世界観を否定していることだけはなんとなくぼんやりとわかるのであります。

つまり第一に、世界は神によって創造されたのであるから、進んでいく「目的」を持っているというキリスト教的世界観。

第二は、世界は、生命が「進化」をするように、次第に「進歩」し「発展」するものであるにちがいないというヘーゲル的世界観。

第三は、世界ははじめの起点を持っていて、その後はそれ自身の法則、つまりただ機械的因果によってのみ動いているという唯物論的な世界観。

ニーチェの永遠回帰の世界観はそれら三つの世界観を否定し、ただ虚無的に、世界は回帰するばかりである、ということを言っているのでありますが、さあそれ以上のよくわかる説明を私に求めないでいただきたいのであります。ここまで理解するだけでも私は身もだえするほど苦悩したのでありますから。

というわけで、永遠回帰のお話はまたの機会にちゃんとやりますと逃げ口上を言い、私はスタコラと逃亡しようかと考えているのでございますが、その前に述べておかなければならないことがあるのに気がつきました。

それは、ニーチェの病気と死についてでございます。

ニーチェというどこかしら怪人めいた、魔王のような思想家が、ほぼ生涯にわたって眼痛、頭痛、胃カタルなどに苦しみ抜いたのはまことに同情するばかりでありますが、病魔はついに彼の脳へと害を及ぼし始めたのであります。

ニーチェ四十四歳の頃となりますと、友人、知人にあてたる手紙の文章が、どう読んでもヘン、筋の通らぬ出鱈目《でたらめ》のものになってまいりまして、精神錯乱の徴候ありと言えばまだおだやかなもの言い、頭がおかしくなったとしか思えぬことを書いているのであります。

そして翌年一八八九年の一月三日、トリノのカルロ・アルベルト広場で昏倒《こんとう》。三日より七日にかけて、妄想にとりつかれた手紙を友人たちに書き送ったのであります。

この時友人のオーファーベック[9]はトリノへニーチェを迎えに行き、病人をバーゼルに連れ帰り、十日朝、精神科病院に入れました。そこで下された診断は「進行性麻痺《まひ》症」でありましたとか。

それからおよそ十年間、ニーチェは精神を病んだ人として生き、途中母によってナウムブルクの自宅に引き取られたり、その母の死後は妹のエリーザベトによってワイマールに移されたりしましたが、一九〇〇年の八月二十五日、そのワイマールにて没しました。享年《きょうねん》五十五であります。

ニーチェの病気を研究いたしました斎藤茂吉によりますれば、「全く『精神的に麻痺し』、若い時から掛けていた近眼鏡も掛けず、全く痴呆《ちほう》の状態で死んだもののようである」とのことでございます。それからまた斎藤茂吉は、ニーチェの脳の病気は梅毒によるもので、その病気にニーチェは若き日の軍隊時代にかかったのではないか、という説も立てているのですが、そのあたりのことはニーチェに失礼な話でもあり、深入りせぬのが上品というものでありましょう。

むしろ、そういう話をききますと、世の通俗人はなんとなく、あまりに超然たる思想を打ち立てたるが故にこそ、頭のネジが外れてしまったものであろうか、などと考えてしまいがちでしょうが、彼の思想は思想、病気は病気でまったく分けて考えるのが正しいかと思われます。ニーチェの思想は、二十世紀中にはマルクスや、サルトルなどに人気の点で及ばないものでありましたが、二十一世紀になりましてあらためて注目されておりますことをご報告いたしまして、私のつたない話を終りにしとうございます。超人思想を説いた鉄の思想家ニーチェの、ざっくりとした物語でございました。

(1)ドイツの哲学者。一七八八―一八六〇。カント、ヘーゲルの理性主義に対して、非理性的な意志が人間の自然な性質であるとし、厭世主義の哲学を打ち立てた。
(2)一八七二年に発表。このワーグナー礼賛《らいさん》のためにギリシア悲劇を論じたような論文は、発表当時めちゃめちゃ不評だった。
(3)一八八一年に発表。
(4)一八八二年に発表。永遠回帰の思想が初めて語られた書である。
(5)ニーチェの五歳年下の友人で、才能あるドクトル。別荘生活をともにしたことが何度もある。
(6)『悦ばしき知識』の中に、「神は死んだ！　神は死んだままだ！　しかも、われわれが神を殺したのだ！」という一節がある。
(7)一八八七年に発表。キリスト教の思想をニヒリズムと断じている点で重要な書である。
(8)一八八五年に第四部を執筆。『ツァラトゥストラはかく語りき』という題名に訳されることもある。
(9)ニーチェの七歳年上の神学者の友人で、五年間も同じ屋根の下で夕食をともにした身近な人物である。

ハイデッガーの存在と、時間

1

イヤだ！

と言っておるのに、新潮社の木村が私に、「財原《ざいばら》りえ蔵の〈やっちゃるぞい〉」のシリーズで、ハイデッガーにインタビューしろと言う。

ハイデッガーが何なのか本当に知らんぞ。

仕事場で愛ちゃんにきいたら、よく知らないけど有名な人ですよ、確か、と言う。

なんの情報もねえじゃねえか。

大体、ハイデッガーなんてゆうんだから外人だろう。私が外人にインタビューできるわけねえだろおが。

そう言っても木村は、通訳つけますから大丈夫です、と、まるで私を理解してない寝言を言った。本人と通訳の両方がしゃべったら私の頭はごちゃごちゃになって船酔いをおこすんじゃ。

高須《たかす》のカッちゃんに相談したら、ハイデッガーは哲学者だよ、とにかくもう偉い哲学者、と言って逃げた。カッちゃんもそれ以上はなんも知らんと見た。

しかし、哲学がなんぼのもんじゃ。

私の哲学は、金がないのは死んでるのと同じ。

財原家の者はその家訓を守って、はみだし者《もん》の人生を送ってきたんだから、私のDNAの中にもそれがバッチリ入っているのだ。

それ以外の哲学なんかどうでもいい。

だいたい、哲学でメシが食えるのか。哲学やってなんぼになるんじゃ。ゆうてみい。

哲学なんかには鉄板でキョーミない、と私が逃げようとしても、木村は一流編集者の状況読めなさで、どんどん段取りをつけていくのだった。こいつぜってーに全員シラケきってるのに、一人で学園祭に盛りあがっていたタイプだ。いるよなーそういうバカ。

だが、バカであっても新潮社の力はつおい。

とんとん拍子に話はまとまって、私と木村とドイツ語通訳の能面顔のおばはんが、年取ったドイツ人のおっさんとホテルの会議室に向きあってた。

で私、下調べとか予習、ゼロ。

インタビューしろったって、何ききゃいいのかまるでわかんね。

木村に紹介されて、こんにちは、今日はごにょごにょ、とおかんスマイルでごまかす。

「こちらはマルティン・ハイデッガー大先生様です」

顔見て、早くもゲンナリ。口髭《くちひげ》はやした、白くてむくむくしたおやじが、目の下に隈《くま》できてててホモ感まるだし。

木村の袖《そで》引っぱって、コッチ系の人かとしぐさできいたら、ハイデッガーにはちゃんと奥さんがいます、と言った。そういう隠れホモもいるんだけど、ま、それはわからんということにしておこう。

ハイデッガーが何かをごにょごにょと言って、能面が通訳して、何の仕事をしている人ですか、ときいていると判明。

「字がいっぱい書いてあるマンガを描いてます」

と私は言って、私のマンガ見たらこのオヤジ引くぞ、と思う。

そゆときは、ニコニコしてやまとなでしこのくずれたおかん顔。とそこで、木村がいきなり、私はよく知っているんですが、確認としてききます的態度で、先生は一八八九年のお生まれですね、ときいた。

「ええ。バーデン州のメスキルヒで生まれました」

「お父上は、聖マルティン教会で堂守りをなさっていて、同時に樽《たる》作り頭でもありましたね」

やべ。一流大学を出て一流出版社に勤めるエリート木村は糞《くそ》予習をしてきてやがんの。

そんなら自分一人でインタビューすりゃいいじゃんか。ただニコニコしてるだけの私の身にもなれ。

「ええ。私の父も母も、敬虔《けいけん》なカトリック信者でした」

「一人っ子でいらっしゃいますか」

「いや、私にはフリッツという弟がいました。そして、妹も生まれましたが、これは幼くして死にました」

わかってると思うけど、こういう会話を能面の通訳をはさんでしてんだよ。話がごちゃらごちゃらになって、全然頭に入ってこない。

でもって、私はそこでニタリと笑った。

なんかどっかで見たことある気すんなあ、と思ってたけど、誰に似てるのかようやく気がついたのだ。

カーネル・サンダースだ。

ハイデッガーは目つきがちょっと鋭くて、口髭が黒いカーネル・サンダースだった。それが眼鏡はかけてなくて、黒いスーツを着てる。

「地元の小学校へ進んだのですね」

「はい。そうです。私は自然の豊かなメスキルヒの畑と草原に囲まれた道が好きで、よくそこで本を読んだり思索にふけったりしました」

「その道から海が見えましたか」

と私はきいた。

「海は見えませんでした」

あわてて木村が口をはさむ。

「メスキルヒというのはスイスとの国境に近い内陸部なんですから、海が見えるはずがありません」

私は海の見えるこぎたない街で育ったので、どおしてもこういう結論になる。海の

見えんとこで育った人間は……、

信用できん！

カーネル、じゃなくて、ハイデッガー敗れたり。

「海のことはどうでもよくて、ギムナジウムのことです」

おーい木村、ギムナジウムってなんじゃ。

「ギムナジウムは将来大学へ行って学ぶことを希望する生徒のための九年制の学校で、中学校と高校を合わせたようなところですが、まずあなたはコンスタンツのイエズス会のギムナジウムに入学しました」

おお、ザビエルくんの後輩なのか。

ちょっとつぶやいただけなのに、木村は、違います！　とにらみつけた。細かいぞ高学歴は。

「そして三年後に、フライブルクのギムナジウムに転校して、一九〇九年に卒業。フライブルク大学に二十歳の時入学しました」

予習しまくりじゃん、口からツバ飛ばしてしゃべんなよ。

「そうです。フライブルクのすぐ近くに、スキー場として名高いトトナウという村がありましたが、私はそこで、自分の学問を磨いていったのです」

「その学問とは、哲学ですね。フライブルク大学であなたは最初神学を学びました。イエズス会の教育を受けてきたからです」

「やっぱザビエル……」

くそっ。手で口をふさがれた。私がインタビューするんとちがうのかい。

「しかしあなたは、すぐに哲学に進路を変更したのです。それはなぜですか」

「故郷の森の道を歩いている時に、哲学こそ私の求める学問だと気がついたからです」

「それで、新カント学派のリッケルトの指導を受けたんですね」

ちくしょう。三十秒に一回ずつわけわかんない地名や人名を出しやがって。

「そしてこのころ、フッサールの影響を受けたんですね」

やめんかい！

2

頭の中でギムナジウムとザビエルとリッケルトとフッサールが盆踊りをしておって、頭がガンガンと痛んだ。

私は、やわな答えだったらぶっとばすぞ、という勢いできいた。

「大学を出たあとはどうしたんじゃい。人間は働かにゃ食っていけんぞ」

ハイデッガーはカーネル・サンダースみたく両手をちょっとだけ前にさし出して答えた。

「大学を卒業する前年、第一次世界大戦が始まり、私は志願兵として登録されました。ところが、心臓発作のために病院に入院することになり、登録取り消しになったのです」

ケッ。軍人としてものの役に立たたん弱虫くんかい。

「それで一九一五年、二十六歳の時に、フライブルク大学の私講師になりました」

木村がまた、偉そーな顔してゆった。

「大学で、学位論文として書いたのが『心理学主義における判断論』ですね。そして、教授資格論文として書いたのが『ドゥンス・スコトゥスの範疇《はんちゅう》論及び意味論』です」

「そうです」

ムカムカした私は木村にきいた。

「その論文をキミは読んどるのか」

「いや、読んでませんけど」

読んでおらん論文のことを偉そーに持ち出すな。話がどんどんあさってのほうへ行くだけでないか。

ハイデッガーは若き日を思い出すように言った。

「戦争中、大学関係者は大学所在地での戦時業務に従事させられまして、私は昼間は郵便監察の業務をしましたから、講義は夕方からでしたよ」

お国のために働くのはよし。

「その講義の聴講生の一人が、エルフリーデ・ペトリという軍人の家庭に育った女性でした。そして私はそのエルフリーデと、次の年には婚約をしました」

国が戦争しとんのに、教え子に手をつけとんのかーい。

「そして一九一七年、エルフリーデと結婚したのです」

そーゆーことならホモ疑惑は忘れてやる。

「でも、戦争拡大で大学での講義はできなくなり、ベルリン郊外の歩兵隊で訓練を受けたり、ヴェルダン前線で気象観測隊に勤務したりして、戦争に多少は巻き込まれました。一九一八年に大戦は終結し、十二月にフライブルクに復員できましたが、敗戦国の学者ということになってしまいました。いやまったく、あの戦争でドイツはひどい目にあったものです」

だったら一度でやめんかい。そのあともう一回戦争して、また負けるんだろうが。学習能力がないのかドイツは。

「ドイツはワイマール共和国として新発足し、私も学問に落ちついて専念できるようになりました。そしてその頃、長男と次男が生まれて、家庭においても充実していました」

よしっ、ホモ説撤回。

「一九二三年に、三十四歳でマールブルク大学の助教授になりました。マールブルクでは私はよく勉強しましたよ」

知ってます知ってます的顔になって木村が言った。

「そこで思索したことが、代表的著書『存在と時間』にまとまるのですよね」

「あれは、まとまったと言っていいのかな。あわててまとめる必要があったのですよ」

「あわててとは?」

「一九二五年のことですが、大学は私を正教授にしようとして推薦したのですが、ベルリンの文教省は私に過去十年間の著作がないためこれを拒否したのです。そこで学部長が私に、至急、著書を出せとせっついたのですよ」

「ああ、それであの『存在と時間』は、発表された時、第一部、となっていたんですね。つまり、本当は第二部も予定されていたのだが、とりあえず前半分を刊行したわけです」

「そう、もともとはそういう心づもりだったのです。前半分、というのも正確ではないですな。第一部は第三章まである予定だったのだが、刊行されたのは、第一部第二章までですからね。そして後のことだが、私は結局、第一部第三章も、第二部も発表はしなかったのです。私の哲学が別の形に育っていき、あの本の後半に予定していたことは書く必要がなくなったものですから。だから私はしばらくしてから、『存在と時間』の表題につけられていた第一部、という語句もはぶいてしまいましたよ」

なにっ！

それはつまり、やりかけた仕事を中途で投げ捨てたということではないかい。

前編と後編のある映画をこさえようとして、前編の「レッドクリフ」だけ作って、後編はやめちゃったということだろおが。

それはいかん。私の『まあじゃんほおろおき』だってちゃんと完結しとるぞ。始めたことはちゃんと最後までやらんかい。

カッちゃんが手術を始めて途中で、ここまでで終り、ということにしたらお岩さんができてしまうではないか。前半分だけで終りとはむちゃくちゃだ。ワシは認めん。

「でも、刊行された部分だけで『存在と時間』は圧倒的に評価され、先生のもとには学生が押しかけましたよね」

ゴマするな木村。途中で終りのエロはムナしいぞ。

「なんとか評価を得られて、一九二七年に私はマールブルク大学の正教授になれました」

「それはもう当然のことです。当時、ある人が『存在と時間』は『雷が落ちた』ように『異常なほどの哲学的興奮をひきおこした』本だったと評しているぐらいですからね」

ヨイショしすぎでみっともないぞ。高学歴でタイマン張らんかい。

「とにかく、マールブルク大学で正教授になれたわけですが、その期間はわずか一年でした。一九二八年の冬学期からは、再びフライブルク大学に正教授として戻ったのです。このことを、第二フライブルク時代と呼ぶ人もいます」

「そゆとき、妻子もいっしょにいるの？」

私も何か質問しないと、ただお説をきいとるだけのおばはんになってしまうので、やっときけたのがこの質問。

「はい。もちろんそうです」

ハイ。私との質疑応答はこれでおしまい。チクショー。どう見てもつきそいのおばさんじゃねえか。

「私がフライブルクへ戻ったのはフッサールの後任としてでした。しかしフッサールとの交流は続いていましたし、カッシーラーとも討論したりしましたよ」

片カナの人名は出すな、と叫びそうになってしまった。片カナの人名が三つ以上出てくると吐き気がこみあげてくるんじゃい。

「フライブルク時代の先生の活動が充実していたことは存じています。『カントと形《けい》而上《じじょう》学の問題』とか、『形而上学とは何か』などの講義を次々となさっていますもんね」

「その講義をきいたのか、木村」

「いや、きいてませんけど」

キャイン、キャインと吠《ほ》えて木村は逃げた。

3

「というわけで、ここで『存在と時間』の内容についていろいろとうかがうのが普通の段取りかとは思うのですが、その前に、ちょっと話を先へ進めたいと思います」

木村が態勢を立て直してそう言った。その口調には予習してきてるもんね、とゆわんばかりの余裕があった。

「一九三三年にハイデッガー先生は、フライブルク大学の総長に選出されましたよね。ところで、この一九三三年という年は、ヒトラーのナチが政権を握った年でもあるのです。そこが重要です」

むむっ、その含みを持たせた口ぶりは、何か隠し玉を持っていると見た。何を持っとるんだ、木村。

「総長になるとすぐに、あなたはナチに入党しています。すなわち、あなたはナチの支持者だったので大学総長になれたのでしょうか」

そうきたか、木村。ヒトラーとナチといえば、弁解のしようがない悪《わる》だもんな。小学生がパンツの中にウンチをもらしちゃったと同じくらいとりかえしがつかないぞ。

「いや、私は先生を難じているのではありません。ただ本当のところを知りたいんです」

大先生を相手に、さあどうなんですという上から目線。どこまで突っ張れるのか、木村。ヘタレこくなよ。

「さあ、その本当のところというのが、なかなかに面倒でね」

ハイデッガー足がもつれとるやんか。大三元に振りこんだか。

「実のところ、初めナチの主張を知った時には、私はなかなかよいと思ったのですよ。特に、民族と国家に奉仕する大学、という考え方はまともなものだと思いました。私ははじめの頃は、ナチを支援していたと言うべきかもしれない。だが、大学総長になったのは、そのためではなく、むしろ逆だったのです」

ちょっとぐらついとるぞ、ハイデッガー。おそるべし、ヒトラー攻撃。

「知っているかどうか、ヒトラーと私は同じ年の生まれでしてね。それでなんとなく期待をかけるような気持ちもあり、彼が政権を取るまでは見守っているような気分がしたものです」

ついにウンチのことを白状しちゃうのか。

「しかし、彼が政権を取った時、国中のすべて、たとえば大学のような教育現場までナチが支配しようとしたことには、私は賛同できませんでした。学問の場には自治と自由がなければならないからです」

「それはそうですね」

もっとガンガンいかんかい、木村。

「前総長のメレンドルフが総長に就任したのに、反ユダヤ人のプラカードの掲揚を禁止したために、バーデン州の文教省長官から罷免《ひめん》され、たった二週間で免職となったのを見て、私は疑問を抱きました。政権政党の言いなりになる総長でなければならない、というのは間違っていると思ったのです」

「大学の自治を守りたかったのですね」

日和《ひよ》るな、木村。

「そうです。それで、メレンドルフが私に、このままだと党の役員が総長に任命される危険があるので、きみが総長に立候補してくれ、と言ったのです。私はさんざん思い悩みましたよ」

カーネル・ハイデッガーじわじわと盛り返しとるじゃんか。

「ですから結局のところ、私は大学を守るために総長選に立ったのです。私が一度はナチに親近感を持ったことはその立候補には関係していません。ナチが大学を支配してしまわないようにと、立ったのです」

「なるほど。わかります」

なんたるヘタレ。人の弱点を見つけた時はテッテ的にそこにかみつかんかい。

「総会が開かれ、保留二票は別として、それ以外は全会一致で私が総長に選ばれました。そして、次の週に、ナチの地区指導者ケルバーが総長室に来て、文教省長官、えーと、それはもちろんナチ党員ですが、その意向だから入党しろと私に迫りました。むずかしい判断でした」

「でも、結局は入党したのですね」

おお、まだ生きとったんか、木村。

「入党しなければ、私もメレンドルフと同様に罷免され、党から総長が送りこまれてくるとわかっていたからです。私は入党することにしました。ただし、総長在任中もそれ以降も、党のいかなる職務にもつかず、党のための活動もしないという条件をつけてのことです。私は、私個人のナチへの期待とは別に、党が大学を支配するのはやめさせたかった。だから入党したのです」

「でも、先生はたった一年で総長を辞任しましたよね」

「それは、どうしてもナチと同調できなかったからです。ナチは大学を統制しようとし、私の意向に反しました。そしてだんだんに、彼らは私を邪魔に思うようになっていったのです。だから私は総長をやめました」

「しかし、多くの人が、ハイデッガーはナチの協力者だと批難しましたよね。ユダヤ人学者たちは、ハイデッガーに研究の場を奪われたと証言しています」

「私はユダヤ人学者を救えなかったかもしれない。だが、私がユダヤ人学者に不利なことをしたことは一度もないのです」

「しかし、総長をやめても、先生はナチの党籍にあり続け、党費を払い続けましたね」

「その私は、もう単なる個人だったからですよ。一個人として私は、ナチの台頭に期待をかけたことがあるのです。だから、大学という現場ではナチに失望したが、個人としては最初の期待を持ち続けたかったのです」

めんどくせー。やっぱしこれ、お前はウンコ踏んだだろ、いや踏んでない、という言い合いじゃねえか？　しかしハイデッガーも、ウンコのそばへ行ったのは確かなんだから、言い訳も苦しいよな。

「一九三九年に第二次世界大戦が始まりました」

その話か。しかし、そのことの責任はこのカーネル先生にはねえわな。ドイツの学習能力のなさが悪い。

「そして一九四五年に敗戦を迎えると、あなたはナチと関係していたことを咎《とが》められ、占領軍の司令部から授業の継続を禁じられ、一九四七年には退職を命じられましたね。そのことをどう思いましたか」

「ただ、そうなったかと思っただけですよ。ああいう時には、公職にある者は追放されるものです」

そーだ、誰か悪者を作りたがるんだ。戦争中はほとんどのドイツ人がヒトラー大好きだったのに、敗《ま》けて終ったとたん、あいつがいいって言ったからだもーんって、ひとみごくうを捜しやがって。ハイデッガー気の毒だぞ！

「一九五一年にその公職追放は解かれましたが、あなたは講座担当には復職しませんでしたね」

「私はもう六十二歳で、教壇に立つには年を取りすぎていたし、著作のほうが忙しいということもあったからです」

じゃ、ワシはナチに関する件ではハイデッガーを許す！　ってワシが言ってもどうにもならんけど。

4

「先生とナチの関係については、ここまでにしておきましょう。無視するわけにもいかないことなので、一通りお尋ねしたのです」

お前のシュートは一個もゴールに入っとらんのにその余裕の態度はなんぞね。

「では、先生の重大な著書である『存在と時間』のことをおききします。それを先生から直接きけるのはとても得がたいことですが」

おーい木村。私はなんでここにいるの？　何をすりゃいいの？　ただおかん顔でニコニコしてるのが私の役なの？

「財原さんも自由に質問して下さいね」

できるか、アホ。

「あの本で、先生の説かれていることは簡単にいうとどういうことでしょう」

それって典型的なマヌケ質問じゃねえの。

「私があの本に書いているのは、そもそも『在る』とはどういうことかという問いです。すなわち、『存在の意味を問う』ことを課題としているのですね。そのための手掛かりとして私は、まず存在ということを漠然とではあるにせよ理解している人間に注目しました。そして、これを人間とは呼ばず、存在していることを理解している存在者、という意味で『現存在』(1)と呼ぶことにしました」

うわあー、お経だ。意味なんかなんもわかんね。

「そしてこの『現存在』はそれ自体において『歴史的』であり、この存在者をそれに最も即した形で存在論的に照射しようとすれば、それは必然的に『史学的』な解釈とならざるをえないのです」

　頭の中にザーザーと水の流れる音がする。右の耳から左の耳へ、念仏がただ流れていく。

「そして現存在とは、世界内存在だということです。我々の在り方が世界内存在であるというのは、自分が常に一定の世界の内にあること、そしてこれを既成の事実として見いだすよりほかない人間の在りようを強調しているわけです(2)」

「世界の、内に、存在しているのが我々だということですか」

　やめとけ、木村。ムダな抵抗はよせ。

「現存在はそういうものなのです。そしてこの現存在に揺さぶりをかけるのが、たとえば『不安』という気分です。不安というのは、何か具体的なものに対する恐れと違って、別に何が恐《こわ》いというのではなく、なんとなく不安なのです。それは結局、広い意味での『気遣い、憂慮』を構成します」

　ザーザー、ザーザー。

「現存在が全体的であろうとするということは、自分を全体として完結させるもの、しかし自分にとってあくまでいまだないもの、要するに自分の最期《さいご》としての死に関わることにほかなりません。一個の全体として完結するためには、現存在は死ななくてはならないということになるのです」

いかん、まさかここまでわけわかんねえとは想像してなかった。エベレストの第一ベースキャンプ（五千八百メートル）へ行った時よりヨレヨレになっとるぞ、私。

「そしてまた、現存在には良心があります。そして良心の呼び声は責《せめ》あるものとして現存在の最も根源的な存在の可能性を開示するではありませんか。この本来的な開示性を私は『決意性』と呼ぶのです」

その現存在って人間のことだろ。だったらせめて人間と言ってくれ。吐くぞ！

「現存在の本来的な可能性として、『死への先駆』と『決意性』と二つのありかたが明らかになりました。では、この二つはどのように結びついているのでしょうか。それが結びつくのは、現存在が自分の存在の可能性を『終りまで』明示する場合のみです。つまり決意性は死への先駆として初めて真にそれであるのであり、これを『先駆的決意性』と呼ぶことができるのです(3)」

もうワシ、寝るけんね。やわなカーネル・サンダースかと思ったらこのオヤジ、拷《ごう》問《もん》しゃべくり野郎だったんだもんなあ。

「あの、先生は実存主義者でいらっしゃるんですよねえ」

やめとけ、木村。火傷《やけど》するだけなのがわからんのか。

「あっさりと言うならば、私のしている分析を一緒に行なう者、あるいはその賛同者だけが、本来的に実存する者なのです」

木村轟沈《ごうちん》。

「私がしていることは現存在の存在の存在論的意味を明らかにすることです。結論だけを簡単に言えば、この現存在の存在の意味が『時間性』なのです。この時間性は、私たちが通常、時間という言葉で理解しているものとはまったく異なったものです。通常、私たちは時間を過去、現在、未来という形で考え、無際限な持続だと思っています。私たちは時間の中のほんの小部分を占めて生きているのだと。だがそうではないのです。逆に、現存在の存在の意味が時間性であり、私たちの存在がもともと時間的なものであるがゆえに、こうした時間の理解も生じてくるのです(4)」

りえ蔵爆死。どうして自然に涙が出てくるの？　私、死んだの？

「えとあの、先生は一九七六年、フライブルクで八十六歳で亡《な》くなられたわけですが」

なぬ？

ハイデッガーは一九七六年に死んでんの？　だったらここにおるおっさんは誰？

ゾゾーッ。

ワシラ、死んだ人の霊を呼び出して話をしてんの？

そういうのイヤ。

私はそういうのがホント苦手。

木村、お前死者を呼び出しとったんかい。

おとろしいからやめてくれ。

「私は時間性の中に存在しているので、生前と死後を分けて考えることもないのですよ。死までも体験し、存在をまるごと理解していくのが現存在であり、そういうあり方こそ、時間的なのだと説明したではありませんか」

もおいやだ。

私は逃げだす。

死者にとっつかまるのは木村だけにしてくれ。

もう死んでも新潮社の仕事はやらんからな。

りえ蔵、涙目で思考力崩壊。ごめん。私が悪かった。ゆるしてくで。

(1)ドイツ語ではダーザインである。しかし、なぜ人間のことをそう言うのかは著者には理解できなかった。

(2)このあたり、勉強した本に書いてあったことを、理解できないままままとめているのである。苦しい。
(3)死のことを予見しているから、時間性の中にいるってことになるのだろうか。
(4)解説本に書いてあったことをただまとめているのである。ああいう解説本って、本当にわかってる人が書いているのであろうか。わからないまま書いてないかなあ。

ウィトゲンシュタインの奇妙な語り方

1　その人の名はルートヴィヒ・ウィトゲンシュタインである。

1・1　その姓はヴィトゲンシュタインと表記されることもあるが、綴《つづ》りは Wittgenstein である。本稿ではウィトゲンシュタインと書く。

1・11　彼の正式の洗礼名はルートヴィヒ・ヨーゼフ・ヨハン・ウィトゲンシュタインである。

1・2

彼は一八八九年四月二十六日、オーストリア＝ハンガリー二重帝国の首都ウィーン、アレー通り十六番地に生まれた。

1・21

彼の父はカール・ウィトゲンシュタインといい、ユダヤ系だがプロテスタントの宗派に属していた。

1・211

父カールは一代でオーストリアの鉄鋼業界に君臨した事業家で、オーストリアで五本の指に入る資産家だった。

1・22

彼の母はレオポルディーネといい、半分ユダヤ人だがカトリック教徒だった。

1・221

母レオポルディーネはピアニストでもあり、多くの芸術家、とくに音楽家を自宅に招いて華やかな社交をくり広げた。

1・2211

ウィトゲンシュタイン家は「ウィトゲンシュタイン宮殿」と呼ばれ、ウィーン社交界の中心だった。

1・23
ルートヴィヒは兄四人、姉三人のいる八人兄弟の末っ子だった。

1・231
ルートヴィヒの四人の兄のうち、三人までは自殺している。

1・2311
ルートヴィヒが十三歳の時、長兄ハンスがアメリカのチェサピーク湾で投身自殺をした。父に家業を継ぐことを求められ、それが苦痛だったらしい。

1・2312
ルートヴィヒが十五歳の時、三兄ルドルフがベルリンのパブで服毒自殺をした。同性愛者であることを苦悩してのことらしい。

1・2313
ルートヴィヒが二十九歳の時、次兄クルトが戦場での撤退の責任をとってピストル自殺をした。

1・2314
ルートヴィヒの四兄パウルはピアニストだったが、戦場で右手を失い、その後、左手だけで演奏するピアニストとして活躍した。

1・232
兄パウルも、ルートヴィヒも、生涯自殺願望を持っていたらしい。
1・2320000001
ルートヴィヒは同性愛者だったらしい。
2
ルートヴィヒは音楽一家の子で、彼自身も音楽を愛好した。
2・01
彼の母は優秀なピアニストだったし、父はヴァイオリンをうまくひいた。長兄のハンスは音楽的神童であったし、四兄のパウルは片手になってもプロのピアニストを続けた。
2・02
ルートヴィヒも幼い頃音楽を、ことにシューベルトを愛好した。
2・03
ルートヴィヒの家へは晩年のブラームスがしばしば訪ねてきたし、四兄パウルのためにラヴェルは「左手のためのピアノ協奏曲」を作曲している。
2・04

ルートヴィヒはクラリネットを学び、その技能もあって教員になることができた。

2・1
ここまでの書き方を見て、なんか変な語り方だなあ、と思っている人が多いと思うが、理由はもっとあとのほうで説明する。

2・11
だからもう少しつきあってちょうだい。

2・111
ここで読むのを中断すること禁止！

2・1111
それも変な話か。なんだか頭が痛くなってきた。

2・2
家庭環境のことは書き終えたので、ここからは彼の姓で書くことにする。

2・3
ウィトゲンシュタインは、十四歳まで学校に通わず家庭で教育を受けたが、一九〇三年、リンツの高等実科学校に入学した。

2・31

その学校は数学や科学の教育を中心とし、実務的な仕事につかせることを目的とした学校だった。

2・311

その学校にはヒトラーも四年間在籍し、ウィトゲンシュタインとは一時期在籍期間が重なる。

2・312

ウィトゲンシュタインはヒトラーと同年生まれである。また、ハイデッガーとも同年である。

2・32

実科学校を卒業後、彼はベルリンのシャルロッテンブルク工科大学で二年学び、その後イギリスのマンチェスター大学の工学部で三年学び、工学者としての道を選んだ。

2・321

彼は学校で飛行機のプロペラの設計にたずさわり、数学への関心を深めていった。

2・322

数学への関心は論理学への関心につながっていった。

2・3221

数学への関心から、フレーゲの『算術の基本法則』や、ラッセルの『数学の原理』を読み、熱心に研究した。

2・33
一九一一年、二十二歳のウィトゲンシュタインはフレーゲを訪ね哲学観を披露した。フレーゲはケンブリッジのラッセルのもとで学ぶようにすすめてくれた。

2・34
ケンブリッジのラッセルを訪問して、哲学的才能を認められる。

2・341
一九一二年二月、ケンブリッジ、トリニティ・カレッジの学生となり、ラッセルのもとで学ぶ。

2・342
ウィトゲンシュタインはラッセルの論理学を驚くべき速さで吸収し、二人はまたたく間に師弟というよりは対等の議論相手となった。

3

3・01
一九一三年、父カール・ウィトゲンシュタインが死去した。

父の死により、ウィトゲンシュタインは莫大《ばくだい》な遺産を相続した。

3・02
ウィトゲンシュタインは財産の三分の一をオーストリアの貧しい芸術家たちに寄付した。

3・1
一九一四年七月、第一次世界大戦が勃発《ぼっぱつ》した。

3・11
その頃ウィトゲンシュタインはノルウェーが気に入り、そこに山小屋を建てて研究に没頭していたが、その生活を捨て、兵役についた。

3・111
オーストリア軍の志願兵として東部戦線に配属されたが、彼は自ら最前線への配属を望んだという。

3・11001
ひょっとすると自殺願望からの志願なのかもしれない。

3・112
その後、砲兵中隊の一員になったり、予備士官学校へ入ったりしたが、一九一八年にイタリア戦線に配属された。

3・2

その年の八月、休暇中に『論理哲学論考』を完成させた。

3・3

その年の十一月、トレントの近くでイタリア軍の捕虜となる。

3・31

最初、コモの捕虜収容所に入れられるが、次にモンテ・カッシーノの捕虜収容所に入れられた。その間に第一次世界大戦は終結していた。

3・311

一九一九年、捕虜収容所から釈放されてウィーンに戻ることができた。この時ウィトゲンシュタインは三十歳だった。

3・312

自由の身になった彼は、戦争で右手を失った四兄パウルと、二人の姉に全財産を分け与え、無一文になった。やることが極端なのである。

3・32

まだ出版されていないのだが、自分の哲学をまとめた『論理哲学論考』を書きあげていたウィトゲンシュタインは、自分のやるべきことはもうやったと思ったのか、ふいに小学校の教師になろうと考えた。

3・321

そこで、ウィーンの教員養成学校に登録した。

3・322

一九二〇年九月、トラッテンバッハの小学校の臨時教員となる。以来六年ほど、小学校教員をしたのだ。

3・4

『論理哲学論考』の出版は難航した。

3・41

いくつもの出版社に打診してみたが、すべて出版を断られた。

3・42

ラッセルに相談すると、私が「序文」を書いてやる、と言って書いてくれた。

3・421

しかし、ウィトゲンシュタインにはラッセルの「序文」が気に入らなかった。

3・43

ラッセルが「序文」を書いてくれても、『論理哲学論考』はうまく出版されなかった。

3・431

一九二一年、『論理哲学論考』はようやく『自然哲学年報』に掲載された。

3・432

しかし、それは誤植の多いもので、ウィトゲンシュタイン自身はそれを「海賊版」と呼んで嫌った。

3・44

一九二二年十一月に、『論理哲学論考』に英訳をつけた独英対訳版が、キーガン・ポール社から出版された。完成してから四年後の出版だった。

3・45

この出版により、哲学界は騒然となった。まったく新しい哲学の名著であるとして、もてはやされたのだ。

3・451

なのに、出版の年の秋にはウィトゲンシュタインはプーフベルクの小学校に移っていて、人前には出ず、ただ、田舎で小学校の先生をしているのだ。

3・4511

そこで一般の人からは、ウィトゲンシュタインは実在する人間なのか、という疑問の声さえ出た。

3・45111

その本を書いたことで、ウィトゲンシュタインは自分の哲学的仕事は終っている、と思っていたのかもしれない。

4

『論理哲学論考』はものすごい本である。

4・01

まず書き方が奇妙である。すべてが、1・11とか、1・12という具合に、番号のつけられた短文からなっているのだ。

4・011

本稿は、その書き方を真似《まね》して書かれている。それでようやく、なんでこんな書き方をしているのか理由がわかりましたね。

4・02

ウィトゲンシュタイン自身の注によれば、個々の命題の番号としてつけられた数字は、その命題の論理的な重要性を示すのだそうである。そして、n・1、n・2、n・3などはn番の命題の注釈であり、n・m1、n・m2、n・m3などは、n・m番の注釈なのだという。

4・021

そして、多いものだと、6・36311のように五重の入れ子の注釈がついているのである。物事を厳密に考える人だったんだなあと思うが、どこまでややこしく考えるんだ、と言いたくなる人でもある。

4・022

最初の数字は1から、7までである。つまりその本には、七つの命題が書かれているだけとも言えるのだ。

4・0221

その七つの命題に、いっぱい注釈がついていて、ゴッテリしているのだが、全部合わせてもそう厚い本ではない。しかし、内容の複雑さはものすごい。

4・023

命題の7は、7 語りえぬことについては、沈黙しなくてはならない。という命題だけど、注釈はひとつもない。なんで7だけさっぱりしているんだろう、と意表を衝《つ》かれる。

4・1

『論理哲学論考』はものすごく難解な本である。

4・11

恥をさらすことになるが、私にはこの本を読んで全く理解できないのだ。

4・111

ほとんど暗号で書かれているみたいな本である。

4・12

たとえば、命題1は、注釈もそう多くなくて比較的短いので、ここに引用してみる。二字下げて『論理哲学論考』の1の部分を引用すると、こうである。

1

世界とは、その場に起こることのすべてである。

1・1

世界は、事実の総体であって、事物の総体ではない。

1・11

世界は、諸事実によって、しかも、それらすべての事実であるということによって、規定されている。

1・12
というのは、事実の総体は、その場に起こされることを規定し、さらに、その場に起こらぬすべてのことをも規定しているからである。

1・13
論理的空間のなかにある事実が、すなわち、世界である。

1・2
世界は、事実に分解される。

1・21
そのうちのあるものは、その場に起こり、あるいは、起こらぬこともありうる。そして、それ以外のすべては、もとのままでありうる。

4・2
この1を読んだだけでも、ギャッと叫んで逃げ出したくなるくらいになんにもわからん。

4・21
だが、この本の難解さはこの程度ではおさまらない。次のような注釈などもあるのだ。引用する。

5・542

しかしながら、「Aは、Pであると信ずる」「Aは、Pと考える」、さらに「Aは、Pと語る」などが、じつは、「〝P〟は、Pと語る」という形であることは明白である。

こんなものを読んで、わかる人がいるとは信じ難い。

4・22

ところが、『論理哲学論考』の評価はヨーロッパ中で次第に高まり、とりわけ「ウィーン学団」のメンバーはこの書をバイブルのごとく崇《あが》め、その解読にいそしんだのだそうだ。なにをどうやって解読したのだろう。

4・3

なのにウィトゲンシュタインは、私はもうやるべきことはやったもんね、という感じで表舞台には出てこず、田舎で小学校の先生をしているだけなのだ。

4・31

なのに、そのたった一冊の本が、哲学をひっくり返しちゃったぐらいの価値を持つのだそうだ。

4・311

あまり厚くない本だが、何重にも注釈がつけられているので、読み進みつつ、確認のために前に戻ってみる必要があり、何十倍、何百倍もの長さがある書物のようになってしまう。

4・312

注釈の一文一文は短くて、警句のようにも読める。たとえば、6・431は、死において、世界は、変化するのではなく、存在をやめる、という内容で、どこかに引用して使いたいなあ、というような気にさせる。

4・3121

しかし、『論理哲学論考』の一文一文を、警句のように読むのは誤りだそうである。

5

ウィトゲンシュタインは一冊の本を書いただけで哲学者をやめたような形になっていたが、状況が変ってくる。

5・01

一九二六年、彼はオッタータールの小学校で先生をしていたが、ある事件をおこす。

5・011

三十七歳だった彼は、小学校で体罰事件をおこしたのだ。

5・012

もともと、彼はよく生徒を殴る先生だった。ただし、時代性を考えると、教育の場に体罰が普通にあった時代で、彼がサディストだったという解釈は不適切である。

5・013

四月のその日も、彼は一人の男子生徒の態度が悪いのに腹を立て、その生徒を数回殴りつけた。そうしたらその生徒は気絶してしまったのだ。

5・014

生徒が気絶したことで彼はパニックをおこし、クラスを解散して、連絡した医者が来るのも待たず、学校から逃げ出した。

5・015

村人の一人がウィトゲンシュタインを逮捕させようとしたが、警官が来た時は、彼はもう村から立ち去った後だった。

5・016

四月二十八日付けでウィトゲンシュタインは辞表を提出した。

5・017

きっかけになった体罰事件について、審理がなされたが、評決は無罪であった。
5・02
要するに、つまらないなりゆきから彼は職を失ってしまったのだ。
5・020001
もしかすると、彼のヒステリックな体罰の原因に、同性愛者であることが関係しているのかもしれないが、そう決めつけるのも無理というものだろう。
5・1
無職になった彼は、ウィーンに戻り、修道院の庭師の仕事につく。財産を兄と姉たちに譲ってしまっているので貧乏なのである。
5・2
体罰事件はウィトゲンシュタインの心に大きな傷を残した。自分が逃げたこと、追及されて嘘《うそ》を言ったこと、そもそも感情の爆発をおさえられなかったことなど、恥であり、苦悩の種になった。何年間も彼はこのことで苦しんだ。
5・21
ウィトゲンシュタインは後にオッタータールに行き、かつての生徒たちの何人かの家を訪ねて、許しを請《こ》うている。

5・3
その年の六月に母のレオポルディーネが死去した。

5・31
失意の弟を見かねて、いちばん下の姉マルガレーテ・ストンボロウが、私の住む家を設計してちょうだいと頼んだ。

5・311
その家の設計者は旧知のエンゲルマンだったが、その仕事は夢中になったウィトゲンシュタインに取られてしまった。

5・312
彼はその家の建築に、二年間も熱中して取り組み、しまいには完全に自分のものにしてしまった。家はその細部に至るまで、彼の図面と監督のもとに建てられた。

5・313
ウィトゲンシュタインは、窓、ドア、窓の格子《こうし》、ラジエーターのすべてを、すばらしい均整と正確さで仕上げたので、まるで精密機械のような家ができた。

5・3131
その家はその後ブルガリア大使館の所蔵するものとなり、内装は変っているが、今も建っている。写真で見る限り、やけに四角ばった、住みにくそうな建物である。

5・32
しかし、この建築に夢中で取り組んだことにより、彼の精神状態は安定し、快活さを取り戻した。

5・4
少し社交的になったウィトゲンシュタインは、ウィーン学団の中心人物モーリッツ・シュリックと出会い、このグループの若い哲学者とも交流するようになった。

5・41
一九二八年、三十八歳のウィトゲンシュタインはウィーン学団に所属していた若い数学者にすすめられて、ブラウワーという数学者の講演をきくことになった。

5・411
ブラウワーの講演を、ウィトゲンシュタインがどんな思いできいたのかはよくわかっていない。肯定的にきいたのか、否定的にきいたのかも不明なのだ。だが、その講演をきいたことがウィトゲンシュタインを刺激したのは間違いない。

5・42
講演のあと、ウィトゲンシュタインは興奮したおももちで、友人たちに、数学的考察を夢中でしゃべりまくったのだ。つまり、一度は完全に消えていた数学的かつ哲学的な思索がよみがえったのだ。

5・5

こうして、哲学者ウィトゲンシュタインは復活した。

5・51

一九二九年、三十九歳になったウィトゲンシュタインはケンブリッジのトリニティ・カレッジに再入学した。

5・52

貧乏だったウィトゲンシュタインは、学生に戻ったために生活できなくなり、奨学金を申請した。

5・521

奨学金を受けるには博士号を持っていなければならなかった。

5・522

そこで彼は、七年前に出版されていた『論理哲学論考』を提出して、博士号を取ることにした。

5・523

それは一種の喜劇だった。その本は熱狂的に支持されていて、もう哲学的古典にまでなっていたのである。二十世紀の哲学の頂点のひとつだと世の中が認めているのだ。そんな名著で、博士号を下さいと審査を受けたのだから、マンガ的なりゆきである。

5・53
もちろん博士号は取れて、奨学金ももらえるようになった。そして翌年からは、ケンブリッジ大学で講義を始めることになった。

5・6
二度目に哲学者となったウィトゲンシュタインは、何冊もの哲学口述本を出した。

5・61
しかし、その時期の最も大きな仕事は、四十七歳の時に書き始めた『哲学探究』という本を完成させることだった。

5・62
『哲学探究』の第一部は、一九四六年、五十七歳の時に完成した。

5・63
『哲学探究』の第二部は、一九四九年、六十歳のときに完成した。

5・631

第二部は第一部よりだいぶん薄くて、まとまりが悪い。もしかしたら、未完なのだが、とりあえずここまでと思ってまとめたものなのかもしれない。

5・7
六十歳の時、ウィトゲンシュタインは前立腺《ぜんりつせん》の癌《がん》に冒されていることが判明した。

5・8
話はさかのぼるが、一九三八年、オーストリアはナチに併合され、イギリスのケンブリッジにいたウィトゲンシュタインは帰国できなくなってしまった。

5・81
一九三九年、第二次世界大戦が勃発するが、その直前に彼はイギリス国籍を取得した。

5・9
一九五一年四月二十九日の朝、ウィトゲンシュタインは亡《な》くなった。六十二歳だった。

5・91
その前夜に意識を失ったのだが、意識を失う前に、彼は介抱してくれたベヴァン夫人（妻ではない）に、「私はすばらしい人生を送ったとかれらに伝えてください」と言った。これが彼の最後の言葉となった。

6
ウィトゲンシュタインの哲学はむずかしすぎる。

6・1
この稿を書くために私は三冊も入門書を読んで考えに考えたのだが、ウィトゲンシュタインが何を語っているのかさっぱりわからないのである。

6・11
もっと正直に白状するなら、このシリーズで、カントからあとの哲学者については、彼らの考えたことが私にはチンプンカンプンなのである。

6・111
哲学がわからないのに、哲学者の人物伝を書くのはものすごく大変な作業であった。

6・12
でも、なんとかその哲学者の人となりを伝えようと思って、ここまで書いてきたのである。どんな人だったかというのが、おぼろげにでも伝わっていれば私はそれで満足することにした。

6・121

ですから、読者はただ、変人だったんだなあ、と笑って下さればいいんです。その人の哲学を知ろうなどと思ってはいけません。

6・2

とは言っても、なんか少しはわかったような気になりたいものです。私もせいぜい努力はします。

6・21

ウィトゲンシュタインは言語の限界を見極めようとしたのである。私の読んだ入門書にそう書いてあった。

6・22

その入門書にあった説明をここに写してみる。意味不明でも責任はとらない。以下引用(1)。

「哲学上の問題とは言語がどう働くかについての誤解から生じてくる。言語の限界に突き当たって思考が瘤《こぶ》を生み出しているのである。哲学とはこれを取り除き、問題をその根から断つことである。哲学とは理想的な言語を作ることではなく、すでにある言語の使用を明らかにすることであり、通常の言語使用の底に隠されている、誤った先入見をあばこうとする営みである」

6・3
私の考えでは、ウィトゲンシュタインは、人間の思考力でどこまでは考えることができ、どこから先は考えることが不能で、考えても無駄だという境界線を、可能な限り深く掘り下げて突きとめ、思考できることの輪郭を明らかにしたんだと思う。

6・31
だからしばしばウィトゲンシュタインは、この先は考えても意味ない、と言うのである。

6・311
だからウィトゲンシュタインを読むことは、この先考えても無駄、ということがわかるってことなのである。

6・4
それにしても、そんなことをきちんと考えたとは、すごい巨人なんだなあ、という気がするではないか。

7
理解しえぬ哲学者については、沈黙しなくてはならない。

（1）この文章は『現代思想の冒険者たち第07巻　ウィトゲンシュタイン　言語の限界』という本の、裏表紙に書いてあったまとめをそっくり引用したものである。パクったと言われても反論できないが、これがいちばんよくわかるまとめだったので、使わせてもらったのだ。文句あるんなら自分でウィトゲンシュタインの思想をまとめてみなさいよ。できないよ、そんなこと。

サルトルの非常識な愛情

1

検察官は質問を始める前から、しようとしていることのわずらわしさにうんざりしているような顔をしていた。そして、イライラとした手つきでメモを取り上げ、それにチラリと目を向けてから発言した。

「ジャン・ポール・サルトルさん。確認します。御本人ですね」

被告人は椅子《いす》から立ちあがり、静かに答えた。

「本人です」

「結構です。どうぞ椅子に掛けてお話し下さい」

それから検察官は、ゆっくりと歩いて被告人の横を行ったり来たりした。そして、歩みを止めると説明を始めた。

「まず最初に、はっきりさせておきましょう。今から始まるのは刑事裁判でもなく、民事裁判でもなく、人々の常識に基づく道徳保全裁判であって、道徳が守られているかどうかのちょっとした疑問を解明しようとしているだけです。だからサルトルさん。あなたには質問に答えなければならない義務はありません。そんなことは話したくない、というのであれば、回答を拒否することも自由です。ただ、嫌でなければ我々の疑問を晴らすため、答えていただきたいものだ、というのがこちらの思いです」

サルトルは外斜視の目を検察官のほうに向けて、社交的な口調で言った。

「私は表現者であり発言者であって、様々のことについて私の見解を発表してきている。つまり自分のことを社会に向けて公開しているわけだ。何か私にききたいことがあれば、きけばいいのだよ。可能な限り私は答えるだろう」

「わかりました。話がスムーズに進みそうでありがたいです。しかし、我々がききたいことは非常に個人的なことで、しかも心理的なことがらでもあるので、そうシンプルに答えが出ることはないのかもしれません。でも、あえてそれがききたいのですが」

「どうぞ」

とサルトルは、ゆるぎない口調で言った。

「前もって明らかにしておきますが、この裁判で我々が解明したがっていることは、極めてプライベートな事象についてです。それはつまり、あなたの、その……、愛情生活についてです。そう、結婚生活についてではなく」

どうしてそんなもってまわった言い方をするんだね、ときくような調子で、サルトルは言う。

「私の愛情生活のことは多くの人に知られていて、疑問な点はひとつも残っていないのではないかな。私もそのことについて平気で説明しているし、カストールもそれについては幾度も書いて発表している」

検察官はその発言に鋭敏に反応した。

「カストールですよ。その名があっさり出てきて、話を進めやすくなりました。あなたの小説の処女作『嘔吐《おうと》』には、カストールにささぐ、という献辞がついていますよね」

「そう。それで、多くの人がカストールとは誰のことだと不思議に思ったんだよ。私の身近にそんな名前の人物はいなかったからね」

検察官は自慢気にこう言った。

「私は、カストールが誰なのかを知っています。それは、シモーヌ・ド・ボーヴォワール女史のあだ名ですね」

「そう。そのあだ名をつけたのはエルボーだったよ」

「話を整理させて下さい。あなたがボーヴォワール女史と知りあったのは一九二九年、あなたが二十三歳、ボーヴォワール女史が二十一歳の時ですね」

「そう、それからすぐ私に誕生日が来て、二十四歳になるのだが」

「彼女が、高等師範学校《エコール・ノルマル》に入学して、先輩であるあなたたちのグループに近づいたのでした」

「そう。私と、ニザンと、エルボーの三人が親しくしていたのだが、彼女がおずおずと私たちの仲間に加わったのだ。なにしろ私たち三人は学校内で大酒飲みの野蛮な連中、と思われていたからね。だが、彼女は私たちに興味を持って接近してきた」

「それで仲間の一人になったんですね」

「そう。彼女にあだ名をつけたのはエルボーだ。ボーヴォワールは英語の海狸《ビーバー》と音が似ている。そしてビーバーをフランス語で言うとカストールになるんだよ」

「そのあだ名をつけたのはエルボー氏だったけれども、彼女と急速に親しくなったのはあなたでしたね」

「ニザンもエルボーも結婚していたからね。だから自然に、私が彼女の相手をすることが多かった。そして、そんなふうに彼女に接しているうちにすぐ、私は彼女に恋をしたんだ。いや、単に恋をしたのとはちょっと違っていた。私は、ついに出会えたんだと感じたのだ。私とあらゆる点で価値観が同じ人間が、この世にいてくれた、と感じたんだ。あれは恋なんてものじゃなかった。運命だったんだ。もう一人の自分との出会いと言ってもいい」

「お二人は気が合ったんですね」

「気が合ったなんてものじゃない。私と彼女、カストールは同じだったんだ。何から何まで。実存は本質に先立つのだからね」

検察官は、困ったような顔をして言った。

「実存主義の話はむずかしいのでやめておきましょう。あなたと同じような恋愛感情をボーヴォワール女史も抱いたのですね」

「そうだと思う。彼女は自分の口で、同じようなことを言った」

「そこであなたはプロポーズをした。いや、正確に言えばプロポーズではないのでしょうかね。あなたが彼女に提案したのは、二年間の契約結婚をしないか、ということでしたよね」

「そう、秋のことだった。街路樹が色づき始めていたことを覚えているよ。あれは二人で映画を見たあとだった。並んで歩いていき、ルーヴル博物館の前の石のベンチにすわったんだ。私はカストールに、『二年間の結婚契約を結ぼう』と提案した。二年間二人でパリに住み、その後は外国へ行ってもいい。それで、どこか世界の一隅で再会したくなったらそうすればいい、という提案だ。彼女はほとんど考える間を置かずに、そういうプランを私も考えていたわ、と言ったよ」

「つまり、そのようにして二人の生活は始まったのですね。これは、いわゆる普通の結婚生活ではありません。法的には二人は結婚をしていません。ただ、お互いにパートナーでいようと約束しただけです」

「それで？」

とサルトルは言った。どこに問題があるのかね、とでもいった調子だった。

「いえ、別に何かを言いたいわけではありません。あなたとボーヴォワール女史の、世界中に知られた風変りな愛情生活が、そのように始まったのだ、と思うだけです」

「世界中に？」

サルトルは不思議そうに言った。

「ええ、そうですとも。あなたたち二人の愛の形は、世界中である種の人たちの興味の的となりました。そんな結びつき方があるのか、そんなことが許されるのかと、知的な女性たちは衝撃を受けたんです。サルトルとボーヴォワールは結婚という制度の破壊者であり、新しい男と女の関係の創始者でもありました。一九三八年に、あなたは『嘔吐』を発表し、大変に大きな文学的成功をおさめた。そして実存主義者として、時の人になっていった。そのあなたの、結婚制度への挑戦とも言うべき愛の生活に、ある種の人はあこがれさえしたのです」

「私はただ、結婚をしなくたって男女が結びつくことはできるということを実践してみせただけだよ」

「それについて、私は今からある証人の話をきいてみようと思います。かなり重要な証人です」

検察官はきっぱりとそう言った。

2

証人はシモーヌ・ド・ボーヴォワールだった。検察官はまわりくどいことをせず、真正面から核心を衝《つ》いたのだ。

「シモーヌ・ド・ボーヴォワールさんですね」

「そうです」

その女性は、知的な容貌《ようぼう》であり、どこか毅然《きぜん》としていた。小柄なほうではないので、平然と落ちついている安定感のようなものが感じられた。

「一九二九年の秋に、あなたはサルトル氏から契約結婚を提案され、受け入れましたね」

「ええ、彼が男で、私は女でした。しかし、女性は女性に生まれるのではなく、(1)女性に押し込められるのです」

「あなたのその主張は知っていますが、質問だけに答えて下さい。あなたは契約結婚の提案を受け入れましたね」

「はい」

「それはなぜでしょう」

ボーヴォワールはほんの少し表情を曇らせた。いったい何度説明すればすむのか、という考えがかすめたのかもしれない。

「私が望んでいることと一致したからです。私はその時ジャン・ポールを愛していましたが、結婚という形式にとらわれたくはありませんでした。ですから、結婚ではなく、一緒にいよう、という提案はこちらの望みでもあったのです」

「結婚のどこが不都合なのですか」

「それは、双方の自由を侵害するからです。私はもともと、尋常の結婚には反対でした。個人と個人が、支配したり、されたり、奉仕したり、されたりする関係ではなく、対等なまま愛し合うという理想の共存はできないものかと考えていました。ジャン・ポールの提案はまさにそういうものだったのです」

「しかし、結婚によって子供が生まれた時、両親が結ばれていることは重大なことではないでしょうか」

「私は冷酷な女ではないと思うのですが、ただ単に、子供をほしいとは思っていませんでした。だから子供のために結婚しておくという必要はなかったのです。そして子供のことについては、幸いなことにジャン・ポールも私と同じ考えでした。彼も子供をほしいと思ったことはなかったのです。だから私たちは契約結婚ができました」

「その結婚の直後、サルトル氏は義務兵役につきましたね。一年半の義務で、一九三一年の二月に除隊しています」

「彼は軍では気象班に入りましたから、兵役と言っても楽なものでした。そして、休暇のたびに私たちは会っていました」

「つまり、お二人の仲はうまくいっていた、というところですね。この契約結婚に問題点はひとつもありませんでしたか」

「一度、考えがぐらついたことがあります。一九三一年に私は女子高等中学校の哲学の教師に採用されたのですが、任地がマルセイユだったのです。パリから八百キロも離れていて、彼に会うことはままなりません。この時、あまりに私が嘆くので彼は、契約結婚をやめて普通の結婚をしようか、と言ってくれました。夫婦を引き裂くような辞令は取り消されるだろうからと。でも、私は考えて、私たちの仲はこれまで通りにしましょう、と答えました。だって考えがあって、それが一番よいと選んだことなのですから」

「それで、お二人の仲はどうなりましたか」

「ジャン・ポールはル・アーブルでの教職につきました。マルセイユからは、パリよりもっと遠いところです。でもそこで、多分私たちのことを知っている視学総監が特別に親切な措置をとってくれたのでしょうが、私の任地がルーアンに変ったのです。ル・アーブルとルーアンは汽車で一時間半の距離ですから、私たちは愛の生活を取り戻すことができました」

「それは結構でした。ただ、ひとつ面白いことがありますね。二人が離ればなれになりそうになった時、サルトル氏は普通の結婚をしようか、と言った。それに対してあなたは、このままでいましょうと答えた。二人の結婚観は違っているのでしょうか」

「彼は、その時その時の最善を考えられる人です。そして私は、一度決めたことを信念として貫くタイプなのですわ。幸いなことに、その時以外には二人の考えが違ったことはなかったのですけれど」

「つまり、人によっては内縁関係だと呼ぶこともあるあなたがた二人の契約結婚はうまくいっているわけですね。互いの自由を尊重して」

「そうですわ」

「しかし、相手の自由を認めるということは、相手の別の人への恋も認めるということになりませんか」

「もちろん、そうなります。それこそが私と彼の関係なのです。彼は私によくこういうことを言いました。『僕たちの恋は必然的なものだ。だが、偶然の恋も知る必要があるよ』と」

「つまり、双方が別の恋をしてもよいと、認めあっているのですね」

ボーヴォワールが平然と、その通りです、と認めた時だった。ふいに、訛《なま》りの強いフランス語が裁判所内にカン高く響きわたった。

「そこだよ！」

声をあげたのは裁判長だった。裁判長席から上体を大きく前にせり出して、異常とも見える憎悪《ぞうお》の表情でわめいた。

「そこをテッテ的に審議するんだ。すべてを明らかにしたまえ」

裁判長が尋問中にそんなことを言うのは異例のことで、検察官はとまどってしまった。

「そうするつもりでした」

と裁判長に言って、検察官は証人を証人席から傍聴席に戻し、あらためてサルトルに話しかけた。

「さて、サルトルさん。あなたの不思議な結婚生活はこうして始まったわけです。それは一見満ち足りていました」

サルトルは大きくうなずいて言った。

「私はマロニエの樹《き》の根であった。むしろ、私は根の存在の意識そのものだった(2)」

「話がズレています。あなたの愛情生活は満ち足りていたのか、ときいているのです」

「ああ、満ち足りていた。あの頃は二人でよく旅をしたものだ。国内ばかりでなく、外国へもね。二人ともまだ金があるほうではなかったので、安宿に泊り、安酒を飲むような旅だったが、刺激に満ちていたよ。私たちはあらゆることを話しあったものだ。そういう会話の中から、私は私の思想を育てていった。フッサールの現象論だけでは不十分で、私たちは実存を生きねばならないという思想だ。人間は首まで時代性の中につかって、そして意志によって実存しなければならないという考えが私にはできあがっていった」

検察官は、サルトルの実存主義を聞く気はないようだった。ふいに、こんなことを言ったのだ。

「サルトルさん。あなたは広く女性一般に対して好意的で、恋に陥りやすい人ですよね」

「ああ、それは認めなければならない。私は男性といるよりも女性といるほうが好きだ」

「それであなたは十九歳の時、つまりまだボーヴォワール女史と出会う前に、カミーユという二十二歳の女性に恋をしましたね」

「カミーユか。チャーミングな女性だったよ」

「カミーユは薬局の娘で、たぐいまれな美貌と才気にめぐまれていましたが、生活はすさんでいて、まるで高級娼婦《しょうふ》のような生活をしていました。客の来るのを待ちながら、長い髪で裸の体を包み、ニーチェを読んでいるような女性でしたね。金持ちに囲われてみたり。あなたはそんなカミーユに夢中でした」

「まだ若かったからね。私なら彼女の才能を開花させて、作家にしてやることができると思っていたんだ。それだけの価値のある女性なんだからと。ところが彼女は、演劇人として高名だったアトリエ座の主宰者のデュランと結婚をしてしまった」

「あなたはカミーユにフラれた」

「まあね。でもあの才能は今も高く買っているよ」

検察官は小さくうなずいた。そのことは大きなことじゃない、とでもいうように。

「カミーユのことはボーヴォワール女史と出会う前のことだからいいんです。でも、あなたは契約結婚をしている最中にも、あなたの言う『偶然の恋』をいっぱいしていますね。どうもそこが問題なんですよ」

検察官はきき取りやすいようにはっきりとそう言った。

3

「一九三三年のことですが、あなたは一年間ベルリンへ留学しました。そうですね」

「その通り。そこではフッサールやハイデッガーの研究をしたよ」

「研究はちゃんとしていたのでしょう。でもあなたはそこで、フランス人留学生の夫人でマリー・ジラールという女性と知り合いになりましたね」

「マリーか。よく覚えているよ」

サルトルは平然とそう答えた。

「マリーは美人でしたね。そして、夫は妻をほとんど構わない人でした。だからマリーは一人でタバコを吸って夢想にふけるのでした。不満があってもわめきたてたりせず、物思いにふけってため息をつくような女性でした。そういうところが気に入って、あなたはマリーに恋をしましたね」

「まあ、そうだろうね」

そこで検察官は証人の証言を求めた。またしてもボーヴォワールが証人席に着く。

「ボーヴォワールさん。あなたは留学中のサルトル氏を訪ねてベルリンへ行きましたね」

「はい。休みがとれたので、そうしました」

「そこでのことですが、サルトル氏はあなたにマリー・ジラールのことを話しましたか」

「ええ。彼と私はなんでも話しあう仲でしたからね」

「サルトル氏はマリーのことをどう話したのですか」

「気になっている女性がいるんだ、と言いました。そしてすぐ、いや、恋してるかな、とつけ加えました」

「あなたはどうしましたか」

「そのマリーという女性に会ってみました。そして、とても感じのいい女性なので、好きになりました」

「それだけですか」

「それだけって？」

「マリーはあなたの契約結婚の相手であるサルトル氏が、恋している女性なのですよ。嫉妬《しっと》は感じませんでしたか」

「嫉妬はしませんでした。だって、マリーのことはジャン・ポールにとって、ひとつのエピソード的な恋ですから。私たちはお互いの自由を尊重しあっていました。誰かほかの人に恋をする自由も含めて」

「契約の上ではそうでしょうが、現に相手が恋している人を前にして、何の嫉妬もしなかったのですか」

「こういう女性が好きなのよね、とは思いましたけれど、それは嫉妬ではありません。そういう人がいようがいまいが、私たちの心は結ばれていましたから」

検察官はやむなくうなずき、ボーヴォワールにこう言った。

「では続けて質問します。サルトル氏のベルリン留学が終ってパリに戻った頃ですが、あなたはオルガという若い女性と知り合いましたね」

「ええ。オルガは私の生徒の一人でした」

「まだ子供と言っていいような女性でしたね」

「オルガは十八歳でした。成績はクラスで一番でしたが、親のすすめる医学部進学コースへ進むのは気がすすまなくて、目標を失っていました。あの頃のオルガはとても落ちつきがなくて、夜昼なしに歩きまわったり、踊ったり、読書にふけったりしていて、心が乱れているのがわかりました」

「あなたはオルガをどう思っていたのですか」

「私はあの子に、すっかり魅了されていたんです。あの子の美貌と、聡明《そうめい》さと、感受性はとても魅力的でした。オルガは私だけには自分のとまどいのような気持ちをうちあけました。私は友人として、あの子の話し相手になろうとしました」

「ところが、そのオルガをサルトル氏も知るようになったのですね」

「当然そうなりますわ」

「そしてサルトル氏は、オルガに恋をした。違っていますか」

「確かに、彼もオルガが気に入ったのです。でもそれは、当然のことのような気がします。私たちはとてもよく似ていましたからね。私が気に入る娘ならば、彼も好きになるでしょう」

検察官はしてやったり、というような顔をした。

「それで、あなたはこの件についても嫉妬をしませんでしたか。オルガのことについて、サルトル氏と意見が衝突したりはしませんでしたか」

「オルガはマリー・ジラールとは違って、人生の混乱期にある少女でした。どう扱えばいいのかについて、彼と意見がぶつかることもありました」

「でも、それは嫉妬ではないと言うんですね」

「ええ。私もオルガを愛していましたから。私がオルガに対して思ったことは、なんとかこの娘を救いたいということ。そして、でも私にとって代らせることはできない、ということでした」

検察官は意地悪くこう言った。

「そういう心の動きを嫉妬というんじゃないでしょうか。二人の女性がいて、一人の男性がいて、その心を奪いあっているのではないですか」

「三十歳の彼が、十八歳の彼女に翻弄《ほんろう》されているのはわかっていました。そして私は、それをとても彼らしいことだと感じていたのです。嫉妬とは違っています。彼女に何をしてあげるのがいいかで意見の違いがあっただけです」

検察官は小さくうなずいたが、それは別の角度から切り込む前置きだった。

「しかしボーヴォワールさん。あなたは後に、正確に言うと一九四三年ですが、小説の処女作『招かれた女』(3)で作家デビューされるわけですが、その小説の中で、二人の女と一人の男の物語を書き、オルガをモデルとしている少女を殺していますね。それが、オルガへの嫉妬心の表れではないのでしょうか」

ここで、被告人のサルトルが発言をした。

「それは考え違いだ。そういうふうに考えてはいけない」

「私がどういう考え違いをしているのでしょうか」

と言ってから、検察官は証人のボーヴォワールを傍聴席に戻した。サルトルはこう言った。

「カストールは作家なのだ。私もそうなのだがね(4)。作家がある小説の中で、特定のモデルのある登場人物を殺したとしても、それは小説のためであって、恨みを晴らすためではない。嫉妬心からでもない。現に私だって、小説の中にオルガをモデルにした女性を出しているが、それは小説に使えるからにすぎない。小説と現実を混同してはならない」

「ではあなたも、オルガのことは、あなたとボーヴォワール女史の愛情生活になんの影も落としていないと言うのですか」

「何度も言ったように、私たちは互いの自由をそこなわないために、私たちの結びつき方を決めたのだよ。お互い、誰かに恋をすることも自由なのだ」

と、その時だった。裁判所の中に異様な声が響きわたったのである。

「パパパ、パカらしい！」

4

叫んだのは裁判長だった。日本人で、高名なフランス文学者でもある背の低い六十二歳の男性で、中立的立場だろうからとこの道徳保全裁判の裁判長に選ばれているのだが、その人が顔を真っ赤にしてわめいていた。

「二人の女と一人の男だなんて、そこがもう乱れとる。狂っとる。ふしだらだ。不道徳だ。断じてゆるせん！」

検察官はとまどいつつ、やっとこう言った。

「裁判長。尋問は私におまかせ下さい」

「まかせておけましえん。大体がその、フランス人に男女のあれこれのことをまかせておいたらめちゃめちゃになるんだ。恋だの愛だののことになるとフランス人はアホだからだ。パカだ。大パカだ」

あまりの激しさに圧倒されて、誰も口をはさめなかった。サルトルもあきれ顔で裁判長を見つめ、その下手なフランス語をきいていた。

「不道徳に三角関係を楽しみやかて、私たちは自由だなんてなにぬかしけつかる。そういう束縛しない大人な感じの知的な二人が理想のカップルで、あれこそ結婚以上の最高の男女のあり方だわんって、パカ言うのもほどほどにしろ。ただもうハレンチなだけじゃねえか。くそったれ。恥の上塗り。愚のコンチョー」

検察官のところへ、助手が目立たないように近寄って小さなメモを渡した。そのメモにはこう書かれていた。

「今日の朝から、裁判長は一人でぶつぶつ独り言を言って様子がおかしかったそうです」

しかし、裁判長の暴走発言はまだ止まらなかった。

「三角関係どころじゃねえじゃねえか。私はちゃんと知っておるんだかんね。私は日本でいちばんサルトル文学のことを知っとる学者だもんね。パカにしちゃいかん。なんでも見抜いとるんだ。せせせ一九四五年のことだ。その時のことも知っとる。サルトルはその年初めてアメリカへ渡ったけんど、その時ニューヨークでMという夫人と恋をしとるではないか。M夫人は離婚協議中の派手な欲求不満女で、たちまちサルトルといい仲になってしまった。けしからん。それでサルトルは、フランスに帰ってもM夫人のことが忘れられずに、あろうことかボーヴォワールにM夫人の素晴しさをくどくど説明する愚かしさ。そんでもってボーヴォワールは実はクソッ、と思っとるくせに、魅力的な人みたいね、とか言って平気のふりをしておるパカらしさ。サルトルはまたアメリカへ行って、M夫人とちんちんかもかもアホの丸出し。そんなもんが知的男女の理想の関係であってたまるもんかのモンブラン」

やっとのことでサルトルが発言した。

「M夫人と私が最初は情熱的に愛しあったことは認めるが、カストールがそのことで少しも傷つかなかったことは言っておきたい」

裁判長はしかし、誰にも止められなかった。

「そうはいくか、パーカ。そんならどうして後を追うようにボーヴォワールがアメリカへ行くんだよ。そのボーヴォワールをM夫人に紹介する非常識のコンコンチキ。ボーヴォワールはムカムカしとるくせに、ジャン・ポールは魅力的な人でしょうとかなんとかM夫人に言ってヤセ我慢して、どーこが理想のカップルじゃい。この頃サルトルはボーヴォワールに、言うにこと欠いて、『ぼくはM夫人が非常に好きだが、いっしょに暮らすのはあなたとだ』とはアホかー！」

検察官のところにまた助手が近寄って、さっきのとは別のメモを渡した。そのメモにはこう書いてあった。

「一週間ほど前に、裁判長の夫人が家出をしたそうです」

「そしたらなんとサルトルもムチャクチャで、ボーヴォワールをアメリカに残してM夫人といっしょにフランスへ帰っちゃうんだもんなあ、なに考えとんの。二人でパリで楽しんどりゃ、ボーヴォワールも頭にくるのは当然ってもんで、ネルソン・オルグレンという作家と恋愛しちゃって、それなんなのよ。やってることが出《で》鱈目《たらめ》でしょうが。どこが知的カップルなのよ。すかもそれだけではねえのよ、オルグレンの次はランズマンという男と恋愛しちゃって、ボーヴォくん頭イカレたんと違うの。ムカついてムカついて狂いまくっとるんでしょうが。いったい何角関係なのよ、それ。五角関係じゃないのさ。自由を束縛されない仲なんて言うとる場合じゃねえでしょが。ヤケクソ的ムチャクチャ人生がのたうちまわっとるんでしょが。M夫人も反省したらどうなんだ。一九四八年にもパリへ来てサルトルとあっちこっち旅行して、恋愛ごっこもええ加減にせんかい。そんでまた、一九四九年にもまたまたM夫人はフランスへ来てサルトルと旅行して、さすがのサルトルもちょっとうんざりしてきて、その旅行のあとM夫人と絶交って、パカにもほどがありゃせんか」

検察官は必死に話に割って入った。

「裁判長。そういったこの二人の結婚でない愛情生活については、この私がじっくりと尋問を行っていこうと考えていたのです」

しかし裁判長は誰の制止も受けつけない。

「尋問もクソもないんだよ。この二人の生活はハレンチで、みだらで、不道徳で、自分勝手の極みなの。ワシぜってー認めないもんね、こんなのが新しい男女の愛情生活の形だなんて。サルトルがM夫人と別れたんで、ボーヴォワールもやっとムカツキがおさまって、私たちってこういうことを認めちゃう進んだ関係なのよねって、また仲よく暮らしゃいいってもんじゃねえだろ。どう考えてもズタボロのカップルじゃねえか。まともな結婚もできないインチキ・カップルでしょが」

ふいに、裁判長はおいおいと泣きだした。身も世もないという泣きっぷりだった。

「普通に結婚して、少々自由がないことは我慢して、死ぬまで仲よくしとることのどこがイカンのよ。それが何よりの幸せってもんでしょが。なんでまた三十年以上も夫婦でやってきといていきなり熟年離婚なの。私はずうっとこうなることを願ってきたんですって、なんなのよそれ。私の居場所はどこにもなかったの、とか、私がいることがあなたの人生になんの関係もないのが虚《むな》しかったの、とか、今ならもう子供たちも自立したし、結びつきのない関係を惰性で続けていくことはないんだもの、って、やめでくでよ。こういうのが普通の、まともな、あたり前の夫婦関係で、それのどこが悪いのよ」

裁判長はわめきながらわあわあ泣いた。

検察官はたまらず言った。

「裁判長。そういったお話は、この裁判とは無関係のように思われますが」

「無関係じゃないもーん。この、このサルトルとボーヴォワールのようなクレージーな夫婦関係のほうがいいって言うのかよ。私のまともな普通のありふれた夫婦関係が間違ってんのかよ。パカ言うな、断じて納得できんぞい。ワシのほうが正しいじゃん。どう考えても間違っとらんじゃん。なのに、失敗に終るのはワシで、サルトルとボーヴォワールのクソ関係は人にうらやましがられる理想なのかよ。そんなんワシ認めんもんね。ワシのほうが正しいのになんなのよこれは、パカヤロー！　なーにがマロニエの樹の根方だよ。そんなもんよりお前たちの関係のほうがはるかに醜いんじゃんか。ふしだらで、けがらわしくて、不道徳で、吐気をもよおすようなもんじゃねえかよ。オエッ、グプ、オエーッ」

いきなり、裁判長は机の上に、胃の中にあったものをゲエゲエと戻し始めた。嘔吐しながら同時に、ボロボロと涙をこぼしもした。サルトルの裁判をやっているからといって、『嘔吐』することはないだろーが。

私は孤独で自由だ。だが、自由はどこかしら死に似ている。

ジャン・ポール・サルトル

(1)ボーヴォワールは女性の人権確立のために運動した人で、『第二の性』という女性論は有名である。
(2)サルトルの実存主義をよく表しているとされる小説『嘔吐』の中では、主人公は一本のマロニエの樹の根が醜くねじくれているのを見て、実存を理解する。
(3)ボーヴォワールはこのほかに『他人の血』『女ざかり』などたくさんの小説を発表している作家である。
(4)サルトルの小説の代表作は『壁』『自由への道』などである。

あとがき

新潮社の木村達哉さんが訪ねてきて、哲学者物語を書きませんかと提案してくれたのは嬉《うれ》しかった。私は小説家であり、特にユーモア小説を得意としているのだから、楽しい小説を書いて下さいと言われるとやる気も出るのだ。

ところが年を取るにつれ、あまりユーモア小説を求められなくなってきた。海外旅行記とか、老後を迎える心構えの本などを依頼され、それもやりがいのある仕事ではあるのだが、ユーモア小説が書きたいな、という欲求不満がたまっていたのだ。それで木村さんの提案はありがたかった。

ただし、楽な仕事ではなさそうだ、と思った。ソクラテスから始まって、サルトルまでの哲学者のことを笑える小説にしなければならないのだ。カントや、ヘーゲルや、ハイデッガーなど、解説書を読んでもチンプンカンプンの哲学者たちを、いかにユーモア小説にすればいいのか。考えてみると大変な挑戦である。

この小説集で取りあげた哲学者たちの思想を、私はすべて理解しているとは言えない。真面目《まじめ》に勉強したのだが、ギブアップなのである。

しかし、これはユーモア小説集なのであって、哲学の入門書や、解説書ではないのだ。これらの小説を読んだ読者に、哲学がわかった、と思わせる必要はない。ただ、おかしな話だなあと笑ってもらえればいいのだ。

そして、それらの哲学者に少しでも興味を持ってもらえれば、それで十分だと思うのである。気の向いた人は、これをきっかけに哲学者のことを勉強して下さればよい。この本はつまり、哲学入門の、きっかけになるかもしれない笑い話というわけだ。

そんな気持ちで、私はこの十二人の哲学者の話を書いた。哲学者の考えていることが、あんまりむずかしくて訳わからないので、笑えてくるほどだった。そのように、私なりに楽しんで書いたのである。

十二編を書き終えてつくづく思う。哲学者とはあきれかえった変人ばかりだ。だが、こういう変人がうんうんうなって考えすぎてくれたことが、人間の歴史をいくらか面白くしているのであり、それが文化的豊かさというものなのだろう。あなたたちの考えたことはわからないけれども、あなたたちの存在はものすごく豊かだ、と私は哲学者たちに礼を言いたい気分である。

二〇一三年五月

清水義範

〈参考文献〉

『哲学の歴史』新田義弘著　講談社現代新書
『筑摩世界文學大系3　プラトン』田中美知太郎他訳　筑摩書房
『プラトン入門』竹田青嗣著　ちくま新書
『シリーズ・哲学のエッセンス　プラトン　哲学者とは何か』納富信留著　NHK出版
『世界古典文学全集16　アリストテレス』田中美知太郎編　筑摩書房
『アリストテレス入門』山口義久著　ちくま新書
『シリーズ・哲学のエッセンス　アリストテレス　何が人間の行為を説明するのか?』高橋久一郎著　NHK出版
『デカルト入門』小林道夫著　ちくま新書
『哲学書概説シリーズI　デカルト「方法序説」』山田弘明著　晃洋書房
『人と思想⑭ルソー』中里良二著　清水書院
『ルソーを学ぶ人のために』桑瀬章二郎編　世界思想社
『カント入門』石川文康著　ちくま新書
『人と思想⑮カント』小牧治著　清水書院
『人と思想⑰ヘーゲル』澤田章著　清水書院
『現代思想の冒険者たち第00巻　現代思想の源流　マルクス　ニーチェ　フロイト　フッサール』今村仁

司・三島憲一他著　講談社
『マルクス入門』今村仁司著　ちくま新書
『今こそマルクスを読み返す』廣松渉著　講談社現代新書
『ニーチェ入門』竹田青嗣著　ちくま新書
『ハイデガー入門』細川亮一著　ちくま新書
『現代思想の冒険者たち第08巻　ハイデガー　存在の歴史』高田珠樹著　講談社
『ウィトゲンシュタイン入門』永井均著　ちくま新書
『ウィトゲンシュタイン　論理哲学論』山元一郎訳　中公クラシックス
『現代思想の冒険者たち第07巻　ウィトゲンシュタイン　言語の限界』飯田隆著　講談社
『サルトル　実存主義の根本思想』矢内原伊作著　中公新書
『「サルトル」入門』白井浩司著　講談社現代新書
『人と思想㉞サルトル』村上嘉隆著　清水書院
『世界人物逸話大事典』朝倉治彦・三浦一郎編　角川書店

おそろしい、おもしろい。

南伸坊

昔から「哲学というのはおそろしいものだ」と言われているのだった。どのくらいおそろしいかというと、

「あんまりそういう哲学みたいな本を読んでるってえと、頭がおかしくなるぞ」というくらいなもので、あの、横丁のマサオっているだろう、あれは実は、ものすごく頭がよくて、トーダイに行くかもしれないっていわれてたんだ。

ところが、哲学の本とかを、いつの間にか読むようになって、今じゃあの通りだ。ほんとうにおそろしいもんだよ、哲学は。哲学の本はやめときなさい。

というようなことを言う大人が、近所によくいたのである。

だから、私はコドモの頃には、いつか、その哲学の本とかってのをどんなのかちょっと読んでみたいな。と思っていた。

私のコドモの頃には、覚醒剤《かくせいざい》の「ヒロポン」というのが薬局で売られていたらしい

けれども、覚醒剤はどうも脳に害がある、ともわかっていて、小学校にあがるころには「恐ろしいヒロポンの害」というような映画が、小学校の校庭で催される映画会などで併映されたりしていた。

それを見たことで、私は以後現在にいたるまでヒロポンに手を出していないのだが、一方で、それほどまでにおそろしいヒロポンというのを、ちょっとだけならやってみたいものだなという気持がないでもなかったのである。

だが、映画がものすごくおそろしかったこともあり、前述したように、いまだかっていっさいやっていないのである。最近は、ヒロポンがどういうしくみで、脳にはたらき、どのように害をおよぼすかということのわかる本を読んだために「ちょっとだけやってみたい」という気持も完全になくなった。

ところで、哲学の本を本気で読むというのがおそろしいことだと教えられて、私は、哲学の本を遠ざけてはきたけれども、ヒロポンと同様に、あんまり読むな読むなと言われると、ちょっとだけ、害のないくらいなら、哲学の本を読んでみたい、という気持があった。

そうして、時々、及び腰にそんな風なことが書かれてありそうな本を、つまみ食いをするように読んでみたけれども、あんましおもしろくないうえに、頭がおかしくなる様子もないので、「なんだ、哲学とかいってもたいしたことないな」と思っていた。私が頭がおかしくならなかったのは、本気になって読んでなかったせいもあるかもしれない。

本書の著者、清水義範さんも、哲学に対しては、一定の距離を置いてきた様子だが、私の及び腰にくらべると、かなり果敢につっこんで「考えすぎ」てもいるらしい。「この小説集で取りあげた哲学者たちの思想を、私はすべて理解しているとは言えない。真面目《まじめ》に勉強したのだが、ギブアップなのである」とあとがきに書いている。なんという冒険家だろうと私は思った。「真面目に勉強した」のである。

この本は、私がいままで「哲学」らしいと思われる本を、つまみ食いしたそのすべてと、まるで比較にならないくらいにおもしろい。

これは、清水さんが危険を冒して、本気で哲学を勉強してくれたことによるのではないか、と私は思う。ものすごくおもしろくないややこしいところを、がまんして、チンプンカンプンなところを、なんでもかんでも読み通して、おそらく、少しは頭がおかしくなりかけるところまで、つき進んで、そうして、もどってきたことで書けた本であろう。

と、私は思う。だって、ほんとにおもしろいんだから、すごいじゃないか。

この「おもしろさ」というのは、ハナから哲学に対して、本気に立ち向うなんて気がなく、危険を冒さず、てきとうなところで、茶化したりしていたんでは、断じて到達できない境地であると私は思う。チンプンカンプンだ、理解できないといいながら、あくまで食らいついていったからこそできたのだ。

哲学書といわれるような本がおもしろくないのは、おもしろくなるように書かれていないからだと私は思う。そういう世界に入ってしまうと、自分がおもしろいと思うことを、読者にもおもしろいと思わせるように書こう、という気持がなくなるらしいのだ。

書いてる本人、考えてる本人は、きっとおもしろいのだ。が、同じようにおもしろがれるための準備が、読者にないうちに、自分だけがおもしろいから、結果、読者を置きざりにしてしまうのである。

もし、その前提となるものを、読者がわかったとしても、それをおもしろいと思うかどうかわからないのだが。

ところが、著者・清水さんは、根っから一人よがりの文の書けない人である。読者におもしろがってもらいたいし、読者をおもしろがらせることが、自分のたのしさでもあるような人なのだ。そこはぜったいにはずせない。

そのうえ、ヘタをしたら「頭がおかしくなるかもしれない」危険を冒しても、なにがなんでも、途中で放りだしてしまうことができない、そういう真摯《しんし》さも持っている。

清水さんは、そのややこしい本を読破することで、ケタはずれの奇人変人である哲学者がモンダイにしていること、そのことを考えすぎるとおもしろくなってしまう心境に、しばしば入り込んでしまったのにちがいない。

ふつうの人の陣地にいつもとどまっているのではなく、そっちの奇人変人の気持の方へいつのまにか踏み込んでしまったのじゃないか。

たとえば私は、ウィトゲンシュタインのことは、名前をきいたことがあるきりだったけれども、ウィトゲンシュタインの文体模写をしている清水さんの文章を読むことで、ウィトゲンシュタインが書こうとした気持を体験したと思った。

アリストテレスとアレクサンドロスが、会話しているのを読んで、論理学というのがどういうものか、いままでよりずっとクリアにわかった気がするし、ヘーゲルと奥さんの痴話喧嘩《ちわげんか》を傍観することで、なるほど、弁証法というのは、こういうものか、と納得したのだった。

読者は、清水さんの小説によって、哲学がどういうものか、感じることができる。

もっとも哲学が看過している、というか苦手としているところを、清水さんが手際《てぎわ》よく、料理したのである。

これは、清水さんが危険を冒して、関係者以外立入禁止地区にまで入り込んでいったことで、はじめてできたことなのだった。

私は、たのしく読みおわってから、清水さん自身の「あとがき」を読んで、その、すがすがしいまでの、きまじめさに感動した。

「哲学者とはあきれかえった変人ばかりだ。だが、こういう変人がうんうんうなって考えすぎてくれたことが、人間の歴史をいくらか面白くしているのであり、それが文化的豊かさというものなのだろう」

この本はおもしろい。すばらしいと私は思う。

（平成二十七年十月、イラストレーター）

この作品は平成二十五年六月新潮社より刊行された。

プラトーン
田中美知太郎
池田美恵訳

ソークラテースの弁明・クリトーン・パイドーン

不敬の罪を負って法廷に立つ師の弁明「ソークラテースの弁明」。脱獄の勧めを退けて国法に従う師を描く「クリトーン」など三名著。

ニーチェ
竹山道雄訳

ツァラトストラかく語りき（上・下）

ついに神は死んだ――ツァラトストラが超人へと高まりゆく内的過程を追いながら、永劫回帰の思想を語った律動感にあふれる名著。

ニーチェ
竹山道雄訳

善悪の彼岸

「世界は不条理であり、生命は自立した倫理をもつべきだ」と説く著者が既成の道徳観念と十九世紀後半の西欧精神を批判した代表作。

ニーチェ
西尾幹二訳

この人を見よ

ニーチェ発狂の前年に著わされた破天荒な自伝で、〝この人〟とは彼自身を示す。迫りくる暗い運命を予感しつつ率直に語ったその生涯。

サルトル
伊吹武彦他訳

水いらず

性の問題を不気味なものとして描いて実存主義文学の出発点に位置する表題作、限界状況における人間を捉えた「壁」など5編を収録。

ヤスパース
草薙正夫訳

哲学入門

哲学は単なる理論や体系であってはならない。実存哲学の第一人者が多年の思索の結晶と、〈哲学すること〉の意義を平易に説いた名著。

新潮文庫最新刊

阿刀田高著

源氏物語を知っていますか

原稿用紙二千四百枚以上、古典の中の古典。あの超大河小説『源氏物語』が読まずにわかる！　国民必読の「知っていますか」シリーズ。

玉村豊男著

隠居志願

信州の豊かな自然の中で、「健全なる農夫」として生きる著者の人生の納め方とは——著者自筆の美しい植物画53点をカラーで収録。

宮崎哲弥
呉智英　著

知的唯仏論
—マンガから知の最前線まで——ブッダの思想を現代に問う—

仏教とは釈迦の説いた思想であり、即ち「唯仏論」である。日本仏教、オカルト批判、愛、死——縦横無尽に語り合う、本格仏教対談。

岩崎夏海著

もし高校野球の女子マネージャーがドラッカーの『マネジメント』を読んだら

世界で一番読まれた経営学書『マネジメント』。その教えを実践し、甲子園出場をめざす高校生の青春物語。永遠のベストセラー！

髙山正之著

歪曲報道
—巨大メディアの「騙しの手口」—

事実の歪曲や捏造を繰り返す巨大メディアは、日本人を貶め、日本の崩壊を企む、獅子身中の虫である。報道の欺瞞を暴く驚愕の書。

清水真人著

消費税　政と官との「十年戦争」

消費税増税が幾度もの政変に晒されながら潰えなかったのはなぜか。歴史的改革の舞台裏を綿密な取材で検証する緊迫のドキュメント。

考《かんが》えすぎた人《ひと》

お笑い哲学者列伝

新潮文庫　し-33-10

平成二十七年十二月　一　日　発　行

著者　清《し》水《みず》義《よし》範《のり》

発行者　佐藤隆信

発行所　株式会社　新潮社

郵便番号　一六二—八七一一
東京都新宿区矢来町七一
電話　編集部(〇三)三二六六—五四四〇
　　　読者係(〇三)三二六六—五一一一
http://www.shinchosha.co.jp

価格はカバーに表示してあります。

乱丁・落丁本は、ご面倒ですが小社読者係宛ご送付ください。送料小社負担にてお取替えいたします。

印刷・二光印刷株式会社　製本・株式会社大進堂

ISBN978-4-10-128220-6 C0193